房東阿嬤與我

矢部太郎

目錄

人物介紹

東京出生、東京長大。
矢部太郎的房東阿嬤。
言行舉止極為優雅，
習慣以「貴安」打招呼。
似乎很享受與矢部的「同居生活」，
因此而延長了好幾年的壽命。
喜歡伊勢丹百貨、
ＮＨＫ與羽生結弦。

房東阿嬤

東京出生、東京長大。
在搞笑二人組「空手道家」
裡負責裝傻。
八年前開始向房東阿嬤租屋，
住在二樓。
無法在綜藝節目好好表現，
令他非常煩惱。
比起年紀相近的女性，
跟房東阿嬤還比較談得來。

矢部太郎

大家好，
初次見面，
我叫矢部太郎。

與高中同學
入江慎也組成搞笑二人組，
在劇場表演。

偶爾也上電視，
還沒有走紅，
也因此
無法選擇工作內容。

像前幾天深夜節目的錄影，
有個現役賽車選手，
騎著迷你機車，
在我房間裡
跑來跑去。

或是有莫名其妙的靈媒
突然找上門，
把符咒貼得
滿屋子都是。

大樓的房東
偶然間
看到那些節目。
啊，
矢部先生，
您好。

我看了節目，
好好笑喔，
我笑翻了。
沒有啦

那明年就
不續租囉。
我不得不搬家。

新家在新宿區的邊陲地帶，
是木造的兩層樓透天厝。

聽說會搭計程車去新宿伊勢丹百貨，

要從屋外的樓梯上去二樓的房間。
雖然有點奇怪，但我大力推薦。
衛浴呢？

買下
一整條明太子喔。
欸，是喔……

是各自獨立的喔。這棟房子原本是兩代同堂住宅。
房東是個老阿嬤，獨自住在一樓。

只是……房東阿嬤的年紀非常大，
萬一有個三長兩短，就麻煩您了。

房東住在一樓……
是……是什麼樣的人？
是位非常優雅的人喔。

咦？
喔，好……

我去向房東阿嬤打招呼。
來了！

貴安。
這是我有生以來第一次遇到以「貴安」打招呼的人。

房東阿嬤
那個……敝姓矢部。

房東阿嬤果然像房仲說的，是個非常優雅的人，當然不知道搞笑藝人，也不認識我。
每天都好熱呀。

比瘦小的我更瘦更小。
請多多

因此我
我的工作是在劇場表演，偶爾上電視演出。

慢吞吞地走出來。
關照。

所以您是演員嗎？
是的。
撒了一個小謊。

開始與
房東阿嬤生活在
同一個屋簷下。
路上小心。

當我回家，

因為是透天厝，
感覺與房東阿嬤之間
幾乎沒什麼距離。
有時候一晾衣服，

打開房裡的燈，

房東阿嬤就會
嘟嘟嘟
嘟嘟嘟
房東

燈亮起來
那一瞬間，

打電話通知我。
下雨嘍，
矢部先生。
好，謝謝……

就會接到電話。
您回來啦。
驚

早上才回家的時候，
累……

嚇到
洗好的衣服都被露水沾濕嘍。
不小心碰到早起的房東阿嬤……

心驚膽跳
喘氣
打開二樓的房間……

驚
洗好的衣服已經被直接收進房間裡來了。

好可怕！簡直就是驚悚片！
前輩
也不能說是不自由啦，但總之就覺得不像是一個人住。

你的電話響了。
啊……正好是房東阿嬤打來的。
嘟嘟
嘟嘟
嘟嘟

不接嗎？
房東
反正又是要我收衣服……
嘟嘟嘟
嘟嘟嘟

或許我當時還不知道該怎麼面對與房東阿嬤之間過於接近的距離。

那晚與前輩
喝完酒回到家時，
門把上綁著之前
沒看過的布包。

布包裡有
房東阿嬤
寫給我的信。
矢部先生
直接穿上
沾到露水的衣服
對身體不太好，

嘟
嘟
嘟

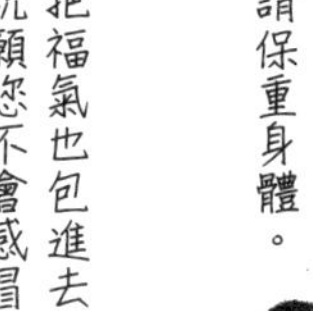
用這條包巾
包起來應該
很快就乾了。
每天都很熱，
請保重身體。
把福氣也包進去，
祝願您不會感冒。

嘟
嘟
嘟
嘟
嘟
嘟
嘟
嘟
嘟
嘟
嘟
嘟
嘟
嘟
嘟

房東阿嬤，
我回來了。

房東阿嬤一個人住，
每天都打扮得很端莊。

另一方面，住在二樓的我，
並不是每天都
有工作。

一大早就拿垃圾去丟、
打掃院子。

睡到自然醒，
半夜出去倒垃圾。
鬼鬼
祟祟

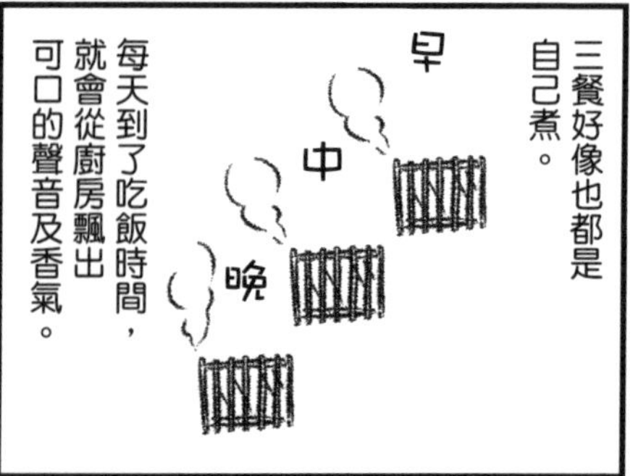
三餐好像也都是
自己煮。
每天到了吃飯時間，
就會從廚房飄出
可口的聲音及香氣。
早
中
晚

三餐也是有一餐
沒一餐的。
早
睡覺
中
便利店
晚
餓肚子
算了……

到了電視或廣播
正要進入最精彩的部分時，
就會關燈睡覺。

房東阿嬤就寢時，
是我最有精神的時候。
一個人
生活
真是太棒了

搬進來一個月時，房東阿嬤打電話給我。

您今天不用工作嗎？
咦？剛好休假……
其實這三天都沒有工作和別的事情要做。

那中午要不要一起吃飯？我有很多話想跟您說。
欸……
呃……
有很多話想跟我說……是有什麼抱怨嗎？還是要提醒我什麼？

我有點事還要工作……
這樣啊，您有事要忙啊！這樣的話……

房東阿嬤叫了鰻魚飯的外賣給我吃。
不好意思……
可以在房裡吃
請收下

那個……前陣子……
我半夜拿廚餘出去丟的時候……
有嗎？

咦？發出很多聲音，沒有吵到您嗎？
沒有，我沒聽見。

您很安靜啊，幾乎沒有存在感。
沒有存在感……
多吃點鰻魚飯增強體力……

這天之後不曉得為什麼，房東阿嬤每個月都會問我，
今天也想叫鰻魚飯來吃哩。
好啊！

啊……原來是這原因……
家兄以前就住在矢部先生的房間，
也算是有緣。

我開心地接受她的好意。
您這麼喜歡鰻魚飯啊？我也很愛吃。
才沒有那回事。

亡兄的房間……

咦……
根本就不喜歡。

但是我死去的兄長很喜歡，所以每個月的忌日，我都會買來供奉。

他是在這個房裡過世嗎？
我好想知道，但不敢問……

有隻貓睡在
通往我房間的樓梯。

我從牠旁邊走過，
牠一動也不動。

這是別人家
的樓梯……
去！
貴安。

貓咪！

這是您
養的貓嗎？
不是，
是野貓。
好像有人晚上
會在停車場
餵牠吃飯。

類似當地
的貓……
擅自闖進
別人家也太
傷腦筋了……

不傷腦筋啊，
我可羨慕死了。

咦？
我也想有人
餵我吃飯。
房東阿嬤
一個人住。

我每個月都親手交房租給房東阿嬤。
貴安。
金額沒錯。

不嫌棄的話要不要來喝杯茶？
咦？呃……好，謝謝。

房東阿嬤的房間裡有很多畫。
請進。
光是紅茶的茶壺就有十個。
鋪著榻榻米，但大部分家具都有腳。

每個角落都一塵不染，
讓人感覺彷彿走進了另一個時代。

請問房、房東阿嬤今年貴庚？
我想想，終戰那年我十七歲……

以終戰為基準啊。
您很硬朗啊。
好說好說，因為無依無靠，什麼都得自己來。
矢部先生好瘦啊，您有在吃飯嗎？

看到矢部先生，我好像明白日本為什麼會打敗仗了。

是喔……
開玩笑的啦。

矢部先生有未婚妻嗎？
沒、沒有，我一直是孤家寡人。

您是演員，我還以為已經有好對象了。
演員喔……算是吧……
正確地說，是喜劇演員……說穿了不過是搞笑藝人……

您覺得住在街角的弘子如何？您們都很文靜，我幫您介紹吧。
放心放心，她不像我，還很年輕，至少小我兩輪……

房東阿嬤86歲－24歲？
呃……
房東阿嬤到底以為我幾歲啊。

房、房東阿嬤喜歡什麼類型的人？
以名人為例的話……
年輕人我一個都不認識。

不過，如果是以前的人……

麥克阿瑟將軍感覺很帥氣呢。
什麼——

瀰漫著哀愁，彷彿會帶我去遠方。
哇！
哇！
哇！
去遠方……
嗯

矢部先生沒有機會認識女生嗎？
也不是，上次也有人找我去聯誼……

誰啊？
根本雞同鴨講……

女生幫我取的綽號居然是
法蘭絨襯衫木乃伊！
是真的喔～哈哈哈。

既然如此……
也不敢問對方電話……就這麼丟臉地回家了！
有像橫井庄一。
她看懂我的模仿了嗎?!

完全沒在笑。

然後呢？
又搞笑失敗……

沒、沒辦法，我只好脫掉襯衫，剩下橫條T恤。
好像漫畫家楳圖一雄喔！
是真的喔～沒騙您！哈哈哈。

我、我差不多該告辭了……
咦？您要走啦？
找出房東阿嬤的笑穴成為我的課題。

某一天
貴安。

您昨天被甩到飛出去了喲。

昨天、昨天……
啊……那個喔……
看樣子是左鄰右舍告訴房東阿嬤。

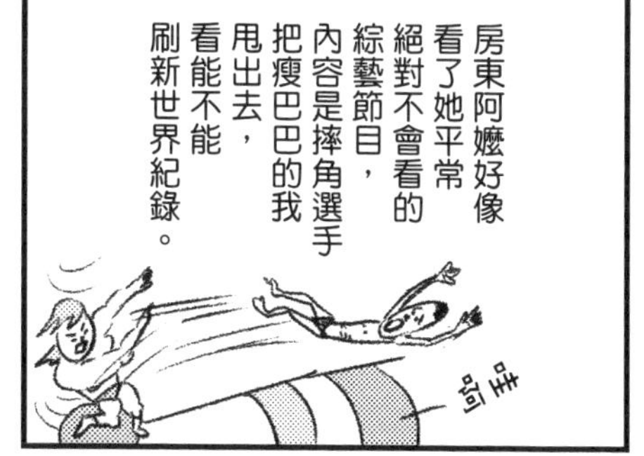
房東阿嬤好像看了她平常絕對不會看的綜藝節目，內容是摔角選手把瘦巴巴的我甩出去，看能不能刷新世界紀錄。
哇

他們怎麼可以那樣對您？矢部先生明明沒做錯什麼。
嚇壞我了

那個喔，是因為啊……
我想想……
咻——
二樓的房客被甩飛出去是挺嚇人的……

他們好壞啊，打起精神來，米給您。
米？
沒有，他們都是好人……

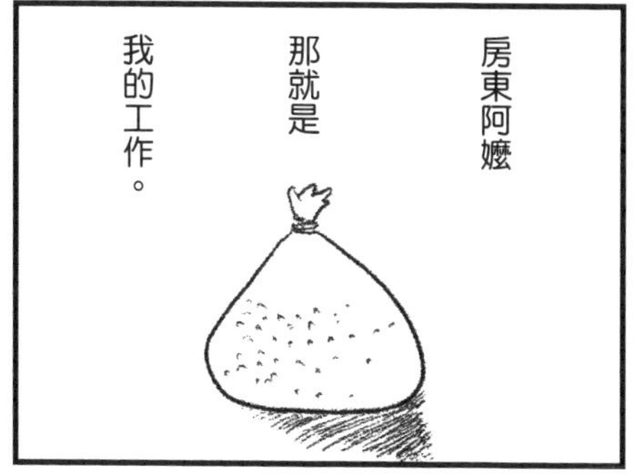
房東阿嬤
那就是
我的工作。

同時看電視

打氣

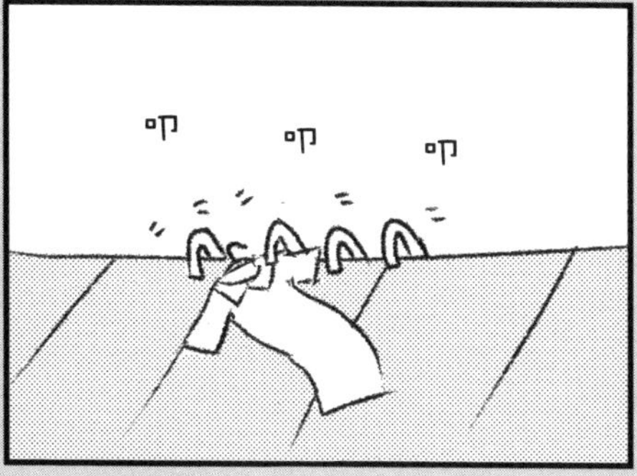

電燈與餡餅

我把腳踏車停在
陰暗的樓梯下，
順便裝上了電燈。

幾天後
貴安，今天要工作啊？謝謝您的燈。
不客氣，畢竟那裡真的很暗。

謝謝您每次都為我開燈。
小事一件，請不要客氣。

每次都為她開燈？

啪！
噫！

啪！
喔！

嗶嗶
遙控器
矢部先生，謝謝您。
不客氣。
可是不會影響您的工作嗎？

房東阿嬤，那是感應器……人一動就會有反應。
我是很閒，但也沒那麼閒……

某天晚上
您在家嗎？現在有空嗎？
有，有的。

這是餡餅，是戰爭逃難時，疏散避難地長野的特產。
那麼就貴安了。
好的，謝謝您。
從窗欞的空隙遞給我。

我接到房東阿嬤打來的電話，在屋子後面等她。

窗戶又關上了。
卡嚓
簡直像是在探監……

矢部先生。
哇！
房東阿嬤突然出現在窗子裡。

哇

不嫌棄的話，可以請您收下嗎？

啪！
感應器……
動

餡餅包了蔬菜，風味樸實。
當時只有這種食物吧。
充滿了逃難時的回憶啊……

怎麼了？不合您的胃口嗎？
很好吃，非常好吃。

怎麼說呢……逃難的時候，只有餡餅這種食物，
一定很辛苦吧。方便的話，可以告訴我當時的狀況嗎……

不是逃難時的食物啦。
而且餡餅根本算不上什麼正餐。

這、這樣啊。
我還以為是充滿回憶的滋味，真是太丟臉了……

逃難時根本沒有東西吃，就算有人從東京寄吃的來，
也全都被收留她的親戚們吃光了。

不過朋友們都很善良，
來玩吧！
貴安。
來玩吧！

為了想跟大家一起玩，還學習了信州話。
「我」是「人家」、「了」是「的啦」……
學習？

可是啊
這樣講話
不適合妳，
照妳原來方式
講話就好的啦。

果然沒錯

聽到朋友這麼說，
感覺很高興。
房東阿嬤
確實不太
適合說「的
啦」……

貴安。
充滿回憶的味道

現在和那個朋友
還是好姊妹，
今天也聊了
一個小時的電話。

咔嚓
果然很美味

那些
餡餅也是
她送給我的。

哇啊！

分享

房東阿嬤分給我半顆西瓜
貴安，
盤子也一起給您。
不好意思，我洗乾淨再還您……

如果矢部先生能收下的話，我會很高興的。

直到我死前為止。
我想逐漸減少東西，
別這麼說……

想減少東西……
我倒是什麼都想要。

房東阿嬤想減少東西到空無一物。

有朝一日，

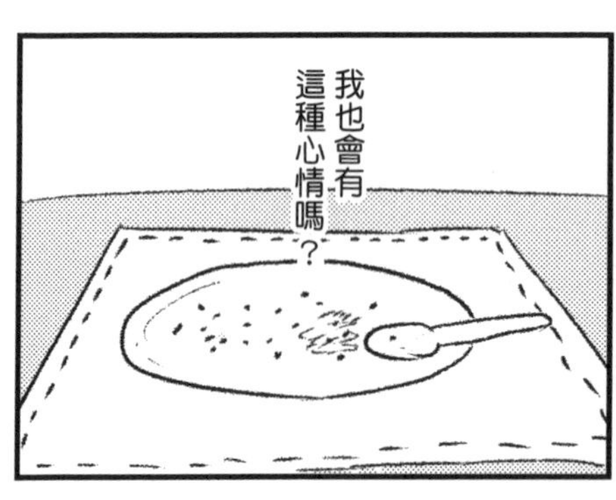
我也會有這種心情嗎？

後來她每次送我東西，我都連盤子一起收下，等我意識到時，
數量已經很驚人了……
唔……
我也想減少了……

這房子也太理想了，有廚房，還附贈一個老太婆！
不是啦，人家可是貴婦人……
好讚喔
前輩

該不會還能分到遺產吧？一整棟房子？
連遺產都跟你分享

怎麼可能！別開玩笑了。
雖然是在新宿區……

真有你的……
抽中婆婆威力彩大獎了！
婆婆威力彩!!
婆婆威力彩!!

別開玩笑了！
BABA6
婆婆6
不對，是BABA6！①
別說得跟樂透6②一樣，人家是貴婦！

先請她寫下遺囑……
拜託啦！不要這樣胡說八道！
哈哈哈

要好好珍惜房東阿嬤喔！未來的房東先生！
承蒙招待……
到底在胡說什麼!!

關西人真的很沒品。

①BABA是日文「老太婆」的發音
②日本的一種彩券

那天我回家時，
總是燈火通明的
一樓一片漆黑，
晚報還
放在信箱裡。

房東阿嬤
不在家……
去旅行嗎？
房東阿嬤
萬一有個
三長兩短
……
房屋仲介

以前出門旅行的時候
都會跟我說一聲，
但這次
……
這樣啊……

打了好幾通電話
都沒人接。
一樓
傳來電話
鈴聲……
嘟嘟嘟嘟嘟嘟

生病住院嗎？
可是，
看起來很健康……

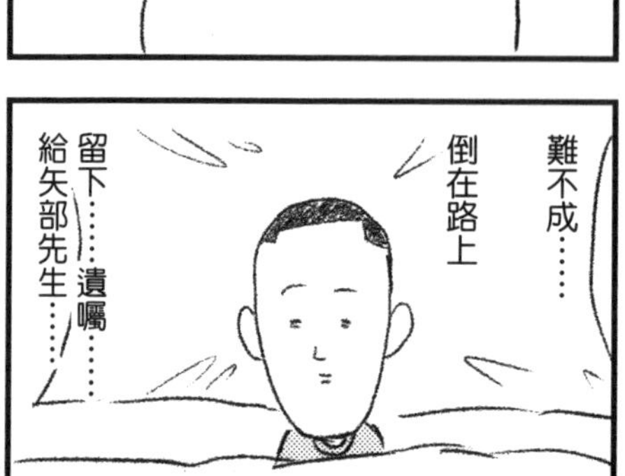
難不成……
倒在路上
留下……遺囑……
給矢部先生……

遺產……
分您一點

這種時候了！
我在想什麼！
房東阿嬤對不起！
哇啊
真正沒品的人
是我。

我睡不著，下樓走進院子裡。
仔細一看，擋雨板也沒收起來。

進去吧。
咦？

房東阿嬤……

貴安啊，有什麼事嗎？

第二天
房屋仲介來了

我念女校的同學們好久沒來東京，玩得忘了時間，
直接在京王廣場飯店住了一晚。
欸欸——!!
什麼——!!

她好像還有個姪子，萬一真有不測……
早安

要不要喝杯茶？
這是就我所知，最高齡的夜遊少女。

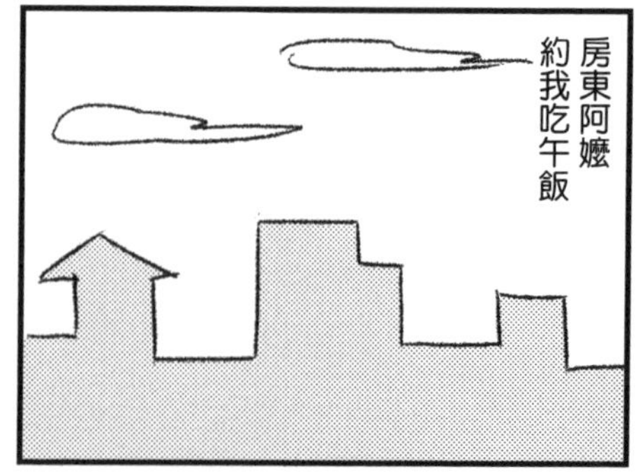
房東阿嬤
約我吃午飯

那天
風很大
咻
咻
咻

走著走著，
房東阿嬤
快要被風吹走了
咻
搖搖
晃晃
咻

咻
房、房東阿嬤。
搖搖
晃晃
咻

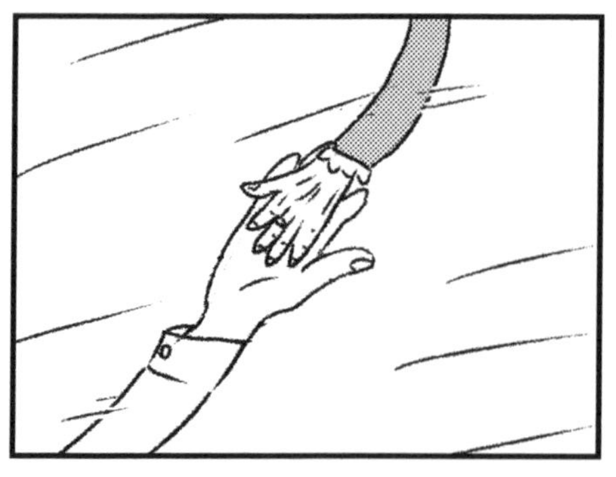

啊，謝謝您。
您沒事吧？
咻
咻
咻

好久沒跟人牽手了……呵呵呵……
房東阿嬤，我也是……

咻
但牽著手也好像會一起被吹走！
不好意思我太輕了！
咻
咻
咻

松野屋
牛丼
咻
咻

我們眼中的街景不太一樣呢。
呃，剛剛才經過……
因為我從來不去那種店……

烏龍麵
吃烏龍麵吧。
咻
咻

很想去見識一下卻沒機會。
因為家父從以前就很嚴格，連廟會都不讓我去。

我第一次來這家店。
您平常都吃什麼？

好想吃一次那個看看啊。
棉花糖。

像是牛丼或漢堡吧。
車站附近有這種店嗎？

那是什麼味道？
咦？很甜喔……畢竟都是砂糖！

您經常來這裡嗎？
我從戰前就很常來，來打電話。

打電話？
因為這一帶只有這裡有電話。

我記得當時烏龍麵好像只要十五文錢來著……

讓您久等了。

車站前也比現在安靜，
那條河邊還有螢火蟲。

大家都來這裡打電話。

很大隻，光也很亮。

真的好美啊。

矢部先生，烏龍麵要糊掉嘍。

烏龍麵
那陣強風已經停了，

沒有螢火蟲，
但河還在。

也有漢堡店
什麼時候有這家店？
一直都有……

和牛丼店。
松野屋
牛丼
剛才有這家店嗎？
有！

不好意思……
這禮拜
有點分身乏術，
可能要下週……

這週也不行……
我能去的時候
再聯絡您……
我等您
的電話……

我難得忙得不可開交，
不得不婉拒房東阿嬤
找我去吃飯的邀約。
讓各位
久等了！
櫻桃
水蜜桃

拒絕太多次，
拒絕到
連電話都
不好意思接了。
房東

有一天……

信！
房東敬上

您什麼時候才會有空呢？
與您一起去
京王廣場的中菜館，
是我賴以維生的指望。

賴以維生的指望！
連餐廳都決定了！
各位可能會想，
不就是去
吃頓飯嗎……

一起去吃飯的時候，
房東阿嬤會
慢條斯理地閱讀菜單，

用自己帶來的
剪刀剪斷，
仔細享用
每一口飯菜。

愛不釋手地
把玩餐具。

飯後
要不要去
咖啡館
喝杯紅茶？

慢慢地、
慢慢地，

喝完紅茶後
回家再
泡杯焙茶
來喝吧。

細嚼慢嚥，
咬不動的
食物就

已經
這麼
晚啦……
哈哈哈
和房東阿嬤吃頓飯，
至少得花上四個小時

那天我有點累了。
今天不用工作吧？
回去還得背劇本……

物理上都是一樣的！所有的米都一樣是碳水化合物！
可是我總覺得，

米一次多煮一點果然比較好吃。
有嗎？不是都一樣嗎？

多煮一點比較好吃。

比在家裡只煮一杯好吃多了。
這是您的錯覺，或者該說是迷信……

都一樣。

真的比較好吃啊。
都一樣。

我完全搞錯了——！
啊
好丟臉
科學上……
??

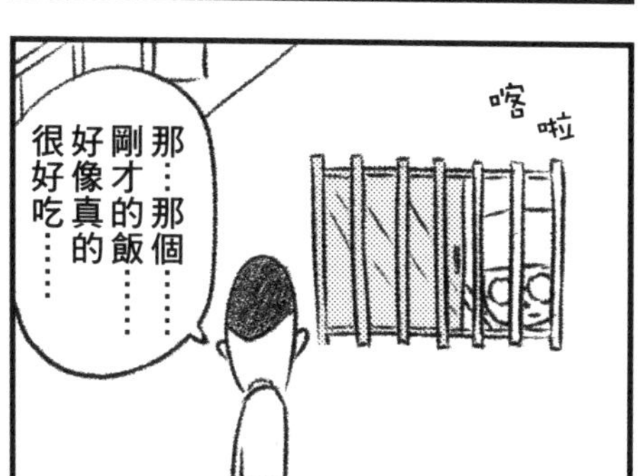
喀啦
那……那個……
剛才的飯……
好像真的
很好吃……

要不要喝杯茶？
好……麻煩您了。

絕對是她的錯覺。
再不然……就是一群人吃飯，感覺比較好吃。

對了，因為房東阿嬤總是一個人吃飯……
我說得有點太過分了……

事實究竟如何呢？
最好吃的部分在中間，
上面的部分不太美味，
所以一次多煮一點，
中間的部分會比較多，
因此能煮出好吃的飯。
喀噠

久候之人將至。
這種時候是誰會來呢？

死神？

第一次在
法國吃到鵝肝，
倒也不覺得
有什麼值得
大驚小怪……

房東阿嬤換了電話。
我不太清楚使用方法，您可以教教我嗎？
好啊

最近的電器產品功能太多了，說明書也寫得很難懂，該怎麼說明才好呢……

這個叫多功能按鍵，按下去之後……
我問的不是這個。

可以教我怎麼打電話和掛電話嗎？
就把話筒拿起來、放下去。
簡單到極點。

好像還能設定常打的電話號碼。
哦，那可以設定矢部先生的電話號碼嗎？

設定好了！
再來是同學……啊，這個人進養老院了，所以不用設定。

呃……這個人已經失智了。
這個人死掉了，所以也不用設定。
好的

失智
失智
死亡
失智
死亡……
算了，還是別弄了……

房東阿嬤請我幫她組裝買東西用的菜籃車。

這種菜籃車看起來好方便啊。
不只方便，要是少了這個，不小心跌倒可能會死掉。

突然好緊張……
不許失敗……
螺絲沒問題!!

這時

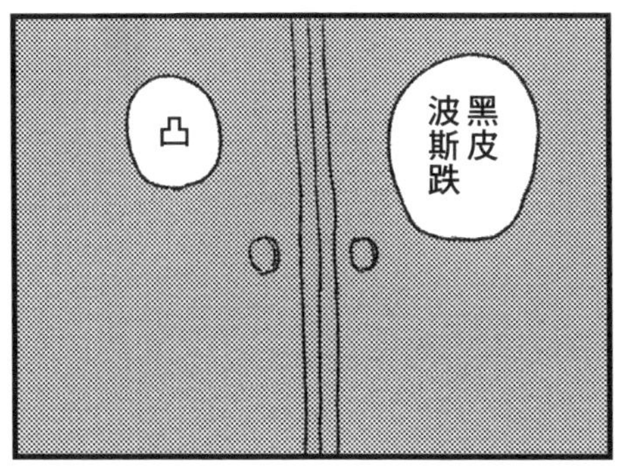
黑皮波斯跌
凸

房東阿嬤
矢部桑！
為我慶祝生日。

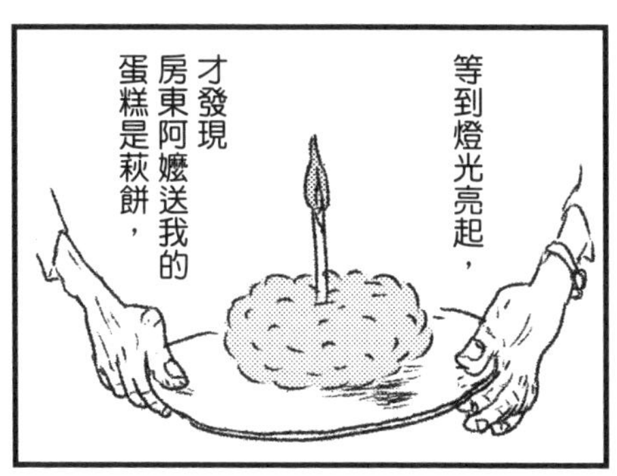
等到燈光亮起，
才發現房東阿嬤送我的蛋糕是萩餅，

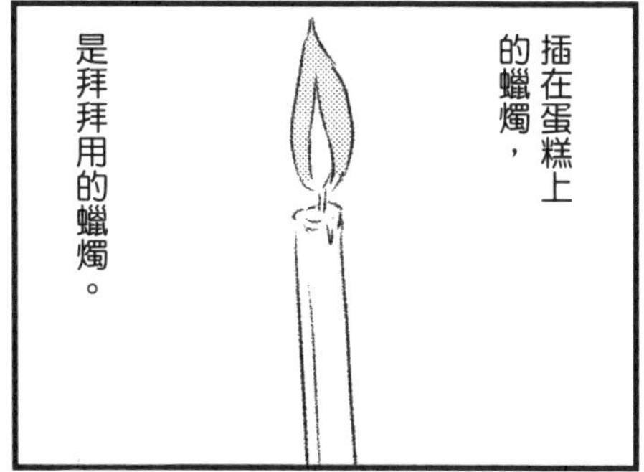
插在蛋糕上的蠟燭，
是拜拜用的蠟燭。

房東阿嬤的萩餅好甜好吃。

這是我第一次唱生日快樂歌，因為戰爭時禁止說英語。

萬一說溜嘴，
一次要罰五毛錢。
BIG 3高爾夫①？
禁止

聽說那個時候，
因為連砂糖的配給都沒有了，
萩餅一點也不甜。

若說有什麼零食，不是炒過的豆子，
節分②!!

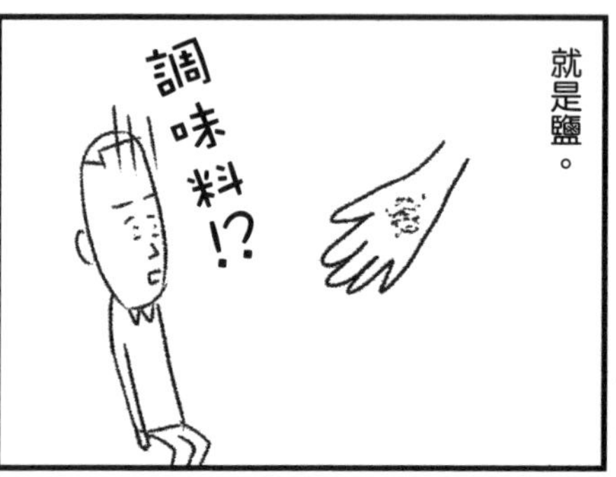

就是鹽。
調味料!?

現在大概連想像都無法想像吧……
不嫌棄的話
欸？這……
給矢部先生

去吃點好吃的東西吧。
房東阿嬤，這怎麼好意思……

①日本三大搞笑藝人森田一義、北野武、明石家秋刀魚的節目裡，禁止說英語、把高爾夫球術語硬改成日文的單元。

②指立春前一天，在日本定為每年2月4日前後，會有撒豆子祈福等儀式。

謝謝……
其實明天才是您的生日對吧？

對。
老人家可以提前幫您慶祝，就很高興了，
明天應該會跟重要的人一起開派對吧。

啊……呃……對、對呀。

第二天

時間還早……

房東阿嬤，
明年可以當天再幫我慶祝喔。

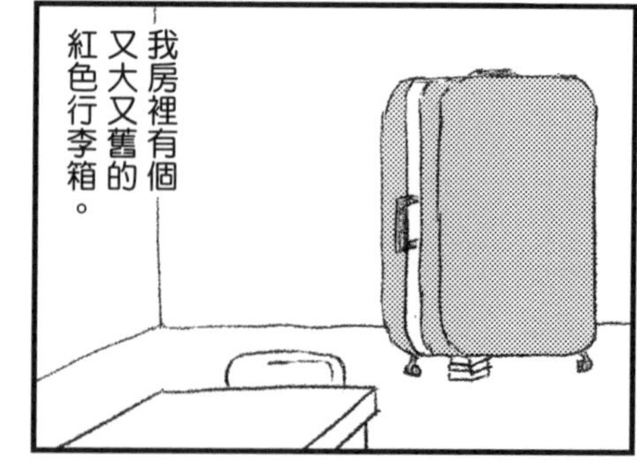
我房裡有個
又大又舊的
紅色行李箱。

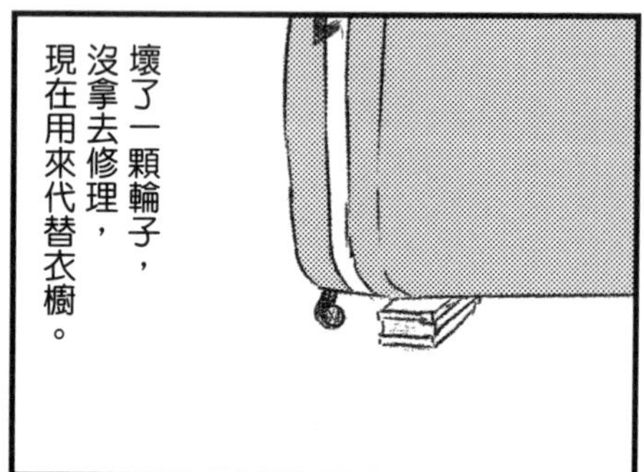
壞了一顆輪子，
沒拿去修理，
現在用來代替衣櫥。

房東阿嬤曾經給我看
好棒啊！
巴黎很漂亮喔
她年輕時搭船去
歐洲旅行的照片。

在船上吃飯的時候啊，
都要打扮得很正式喔。
大家都得換上燕尾服和晚禮服。
簡直是另一個世界的旅行。

我也想聽聽矢部先生出國的回憶。
我想想……
出國啊……只去錄過節目……

脫到只剩一條內褲，
在巴黎的艾菲爾鐵塔前
被拋起來……

住在非洲的部落，
牆壁是由牛糞打造的
房子……

沒有任何能對
優雅的房東阿嬤
說的回憶。
都是去工作，沒什麼特別的……
您還年輕，有的是機會。

像是度蜜月。
不行不行，我連對象都沒有……

不過結婚確實很不容易……
是噢……
我已經沒機會出國了……啊！

房東阿嬤從儲藏室的深處，
很久沒用了，如果您不嫌棄。

拉出一個行李箱來給我。
大紅色的耶看起來好復古……
有點不適合我……
會嗎？
打開一看，裡頭有一個用報紙包起來的物品

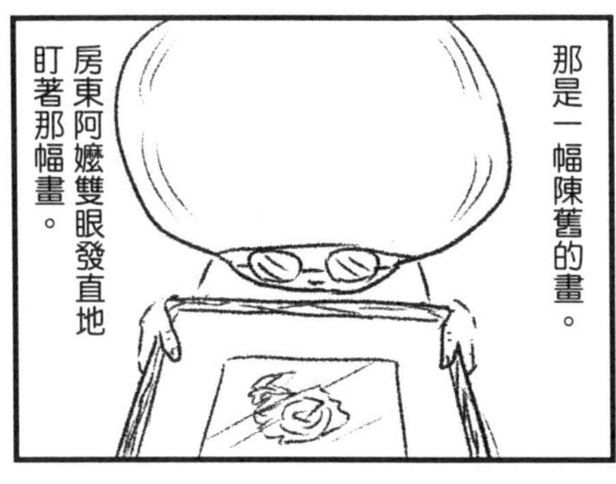
那是一幅陳舊的畫。
房東阿嬤雙眼發直地盯著那幅畫。

這是哪位名家的作品嗎？
傳宗之寶？
不，這是……

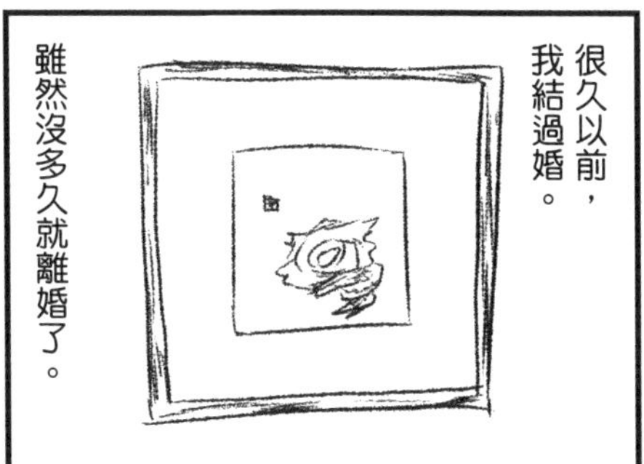
很久以前，我結過婚。
雖然沒多久就離婚了。

這是那個人畫的。

他說這個海螺就是我。

我想起來了……那個人說他在這幅畫背後寫了字給我。
好……我來開！

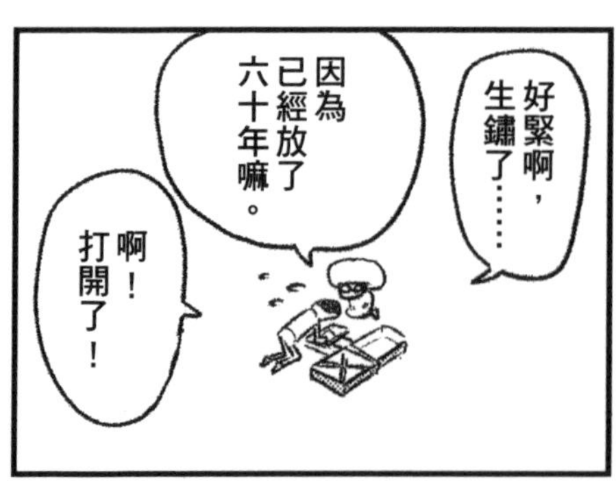
好緊啊，生鏽了……
因為已經放了六十年嘛。
啊！打開了！

上頭寫了什麼？
呃……我瞧瞧，
什麼也沒寫。

婚姻真是不容易啊。

如此這般，
這個紅色行李箱，
陪我去了很多國家，
直到輪子壞掉。

跟媽媽借的？
女明星喔？
NO!!
NO!!!
也害我被取笑……

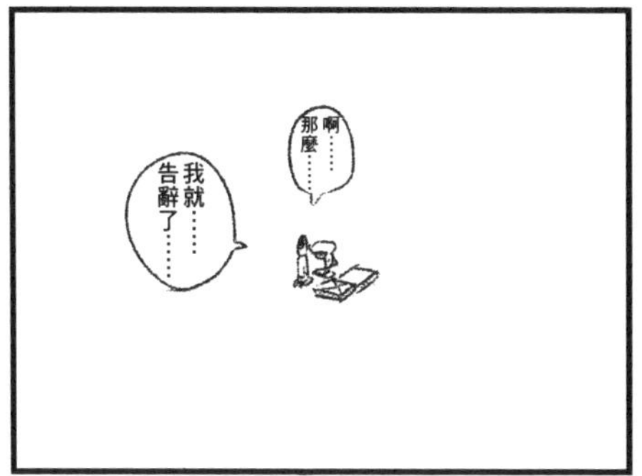
啊……那麼……
我就告辭了……

另一方面，
房東阿嬤
雖然什麼也沒說，

問了不該問
的問題……

下次我再去找她的時候，
海螺已經悄悄地
被掛在牆上了。

散步

我走路很慢，不好意思啊。
沒有這回事。
別這麼說

年紀大了，已經不能再跌倒了。
下次再跌倒就……

矢部先生真好啊，還很年輕，可以盡情地跌倒。
才不要咧……

風鈴

我在外景節目製作了風鈴。

如果您不嫌棄……

謝謝啊！多少錢？
不用錢，給您的，送給您的！

叮鈴鈴
叮鈴鈴
叮鈴鈴
叮鈴鈴
為了讓我聽見，刻意掛在離我房間很近的地方。

房東阿嬤的生日

居家看護每週會來
探望房東阿嬤一次。
貴安
下週見

幸好
有她呢！
這個嘛……
也不盡然……

雖然來的是年輕人，
每次都會提早
三十分鐘到。
我可以先
吃個麵包嗎？

也不自己買水來，
還得泡茶給她喝。
不好意思
大搖大擺地
坐在沙發上。

二樓的人
上過電視吧？
真糟糕！
我不知道
他是誰耶！
嗓門很大。

即使拜託她在戶外
要小聲一點……
媽呀
青蛙
噓！

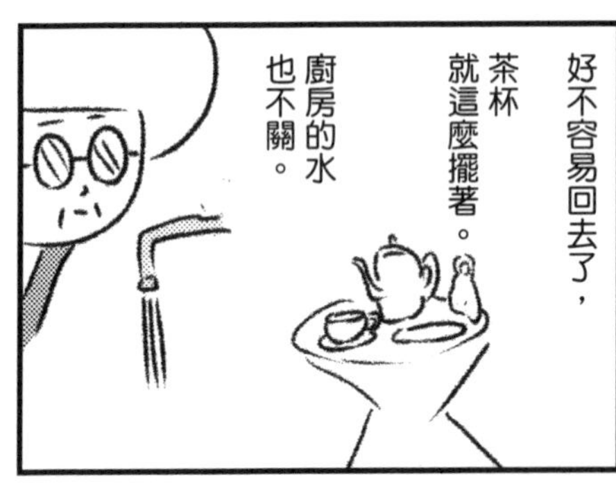
好不容易回去了，
茶杯
就這麼擺著。
廚房的水
也不關。

累死我了。
到底誰才是
看護啊？
辛苦您了……

是不是該走了？
好啊。

最近好熱啊。
對呀。
房東阿嬤

蛋糕也好好吃啊
甜而不膩
對呀
最近一旦久坐，就無法馬上站起來，所以會刻意掩飾站不起來的狀況。

那我們走吧……

晚上還是很冷呢。
這點非常可愛。

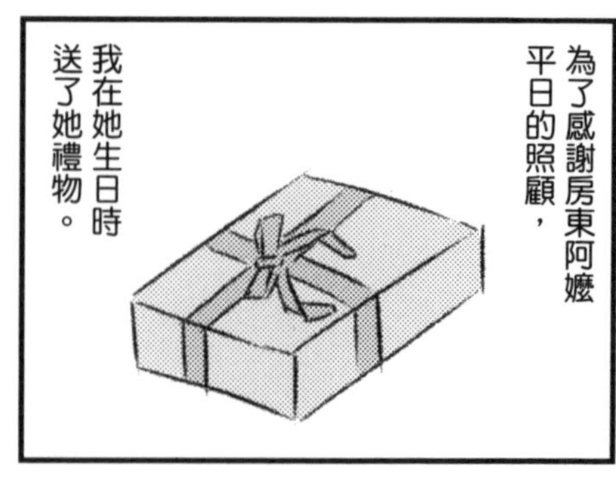
為了感謝房東阿嬤平日的照顧，
我在她生日時送了她禮物。

轉身

叮咚

真是的……活到這把年紀，我還以為再也不會發生任何好事了……
能活這麼久真是太好了。

貴安。
祝您八十七歲生日快樂，這是生日禮物。

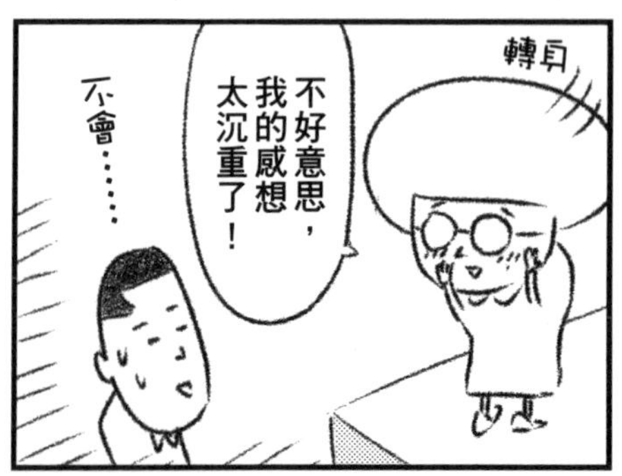
轉身
不好意思，我的感想太沉重了！
不會……

哇！好漂亮！
是玫瑰。

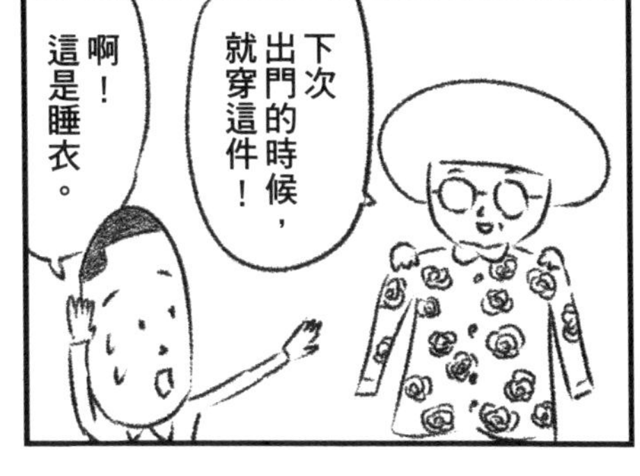

下次出門的時候，就穿這件！
啊！這是睡衣。

您喜歡真是太好了！
說到出門，您要去哪裡玩嗎？

說到接下來的遠行……

就是三途川①了！
我走囉!!

①日本傳說中分隔現世與冥界的冥河

還太早啦！
開玩笑啦，哈哈哈！

不過我捨不得穿，還是留到進棺材的時候再穿吧。
不不不，請平常就拿來穿……

房東阿嬤拜託我為院子除草，
於是我請剛認識的後輩搞笑藝人來幫忙。

來的人是野口老弟……
好、好輕浮……
哈囉，
請叫我小野！

曬得好黑啊……
我去沙龍曬的，
我是最後的酷哥！

還染了頭髮……
這是夢幻紫！
這邊都剃光了喲!!
怎麼辦……要是嚇到房東阿嬤……

……

啊……這位是來幫忙的……
矢部先生的女朋友嗎？

不是不是！他是男的……
哎呀抱歉，以為是小姐。
頭髮好長啊。

Thanks！
X！
不要對房東阿嬤表演段子！
驚！

請全部拔乾淨。
好—

這些花也要拔掉嗎？
胡說什麼！
別在房東阿嬤面前耍寶！

繡球花不用拔掉。
那是亡兄種的，是我們兄妹的回憶……

真的假的，這故事聽起來好炫！
欸—
啊—
那我們就開始了！

小野先生住在哪一帶？

我主要在袋袋那邊出沒。
呃，他是說住在池袋附近……

說到池袋，我朋友在東京大空襲隔天，看到現在的太陽城一帶埋了大量的屍體……

真的假的？我經常在那一帶把妹喔！
別說了啦！
啪嘰
房東阿嬤，您去休息吧！！

矢部先生，那裡沒有拔乾淨喔！
欸?!
啊……好
這傢伙……意外地仔細呢……

辛苦二位了，來喝杯飲料，休息一下吧！
來了！是透心涼的啤酒嗎？
等一下!!還沒拔乾淨!!

燙！
燙！

這是輸掉遊戲的懲罰嗎？居然是熱茶！
燙！
閉嘴！
小野先生做事很認真，幫了我大忙。

我都是看情況發揮喔。
燙！
啊……這是年輕人用語，意思是視場合及時間發揮……

院子如果全部鋪上水泥的話，不就輕鬆多了。
那樣又感覺太冷清了。

換成水泥，萬一跌倒撞到頭，房東阿嬤就一命嗚呼了！
還是泥土地比較好啊
……
一命嗚呼……

今天真的
非常感謝二位。

不嫌棄的話，
請收下繡球
花。

戴上這個
去袋袋把妹！
啪嘰!!
閉嘴！

小野先生
沒事吧？
衝過來
咦?!

矢部先生
今天好暴力啊。
不是……
這是吐嘈……

隨時都歡迎
小野先生
再來玩。
好的！
房東阿嬤！
明明就是……

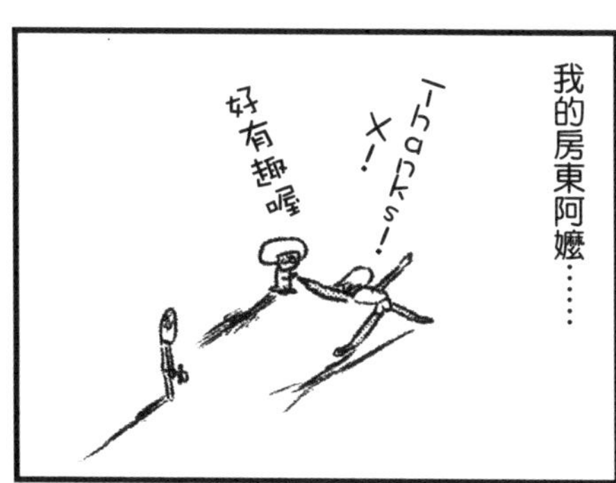
我的房東阿嬤……
Thanks—!
X—!
好有趣喔

夢想

東京奧運

TOKYO
決定舉辦東京奧運了！

這是房東阿嬤第二次看奧運了，很期待吧？
我不會活到那時候，所以沒興趣。

不對不對！別這麼說！

早安。
路上小心。

今天要和許多
比我更紅的後輩搞笑藝人
一起工作。

我完全插不進大家
七嘴八舌的討論。

當然正式錄影時，
也完全沒機會站到前面。

一事無成地
任由時間匆匆流逝。

晚安。
您回來啦。

今天……
只有跟
房東阿嬤講到話。

隔天也是
完全插不上話……
哈哈哈
其實是腦中一片空白……
我大概不適合
這份工作吧……

也完全沒工作上門……
矢部，
你覺得呢？

什麼？
啊、
呃……
你搞什麼飛機呀！
人家好不容易
作球給你！

我愈來愈搞不懂
現在這份工作
要不要繼續
做下去了……
工作啊……
我還是學生
的時候，
製作過
軍人的皮帶。

我其實比較想讀書……
但還是努力工作，
然後就
開始逃難了。

逃難之後的
工作是砍柴，
比做皮帶更辛苦。

那個時代
就是這麼回事喔。
是、是噢……
我不知道該怎麼
理解這個建議才好……

總而言之……
有自己想做的事很幸福……
加油吧！
那就罰您喝下超級酸的液體！倒數五秒！四、三……

好酸！酸死了!!
卡！雖然不怎麼樣，但剪輯可以補救。

這真的是我想做的事嗎……
我在回家路上，經過一棟建築物。
昭和館

展示著戰爭時的照片及生活用品的「昭和館」。

裡頭有個可以在防空洞中體驗空襲的空間。
按下開關，小房間的電燈應聲熄滅，

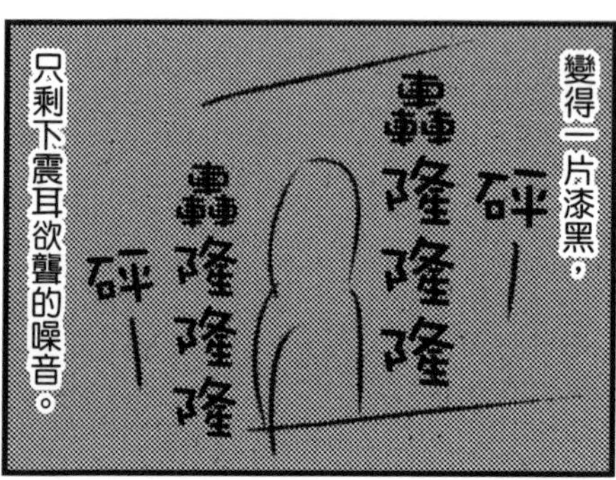
變得一片漆黑，
轟隆隆隆
砰—
轟隆隆隆
砰—
只剩下震耳欲聾的噪音。

國民服試穿體驗展示區
中學生制服

啊！
我逃進「那個時代」裡躲避現實了!!
都是受到房東阿嬤的影響……

有一次我參加在夏威夷舉辦的檀香山接力馬拉松。

與六位前輩藝人組成一隊，
HONOLULU EKIDEN
一棒不漏地順利跑完全程！

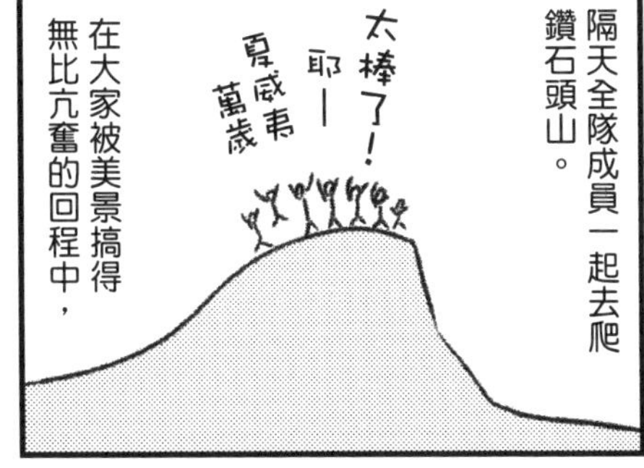

隔天全隊成員一起去爬鑽石頭山。
太棒了！
耶—
夏威夷萬歲
在大家被美景搞得無比亢奮的回程中，

是不是很棒！
OOYA桑也很享受夏威夷之旅呢！
庄司大哥

對呀，她好像很喜歡夏威夷，一美元兌換三百六十日圓的時代經常去玩，還告訴我好幾次珍珠港的故事！
聽到我這麼回答，

不是！我是指跟我們一起來的吉本興業社員大矢①小姐啦！
不是你房東！

這時候哪會突然冒出你們家房東啊！
大矢小姐負責檀香山馬拉松每年都一起參加

退避三舍
不要退那麼大步!!
珍珠港？
看樣子我滿腦子都是房東阿嬤。

①「大矢」與「房東」的日文發音都是OOYA。

與房東阿嬤一起去新宿。
要不要吃巧克力？

因為戰爭時萬一機場受到炸彈攻擊，
這條路就可以當成飛機跑道使用。

醫生告訴我，為了健康，最好隨身攜帶巧克力。
謝謝！

好讓零式戰鬥機可以起飛。
利用這條路嗎?!
這一帶也曾經因為空襲變成一片廢墟……

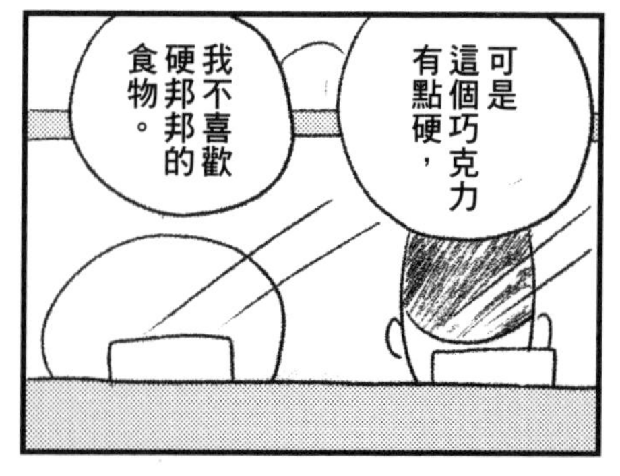
可是這個巧克力有點硬，
我不喜歡硬邦邦的食物。

矢部先生，您知道這條路為什麼一路筆直通到底嗎？
不知道，為什麼？

這不是巧克力……是巧克力口味的糖果。
真的嗎？
那個時代既沒有巧克力也沒有糖果……

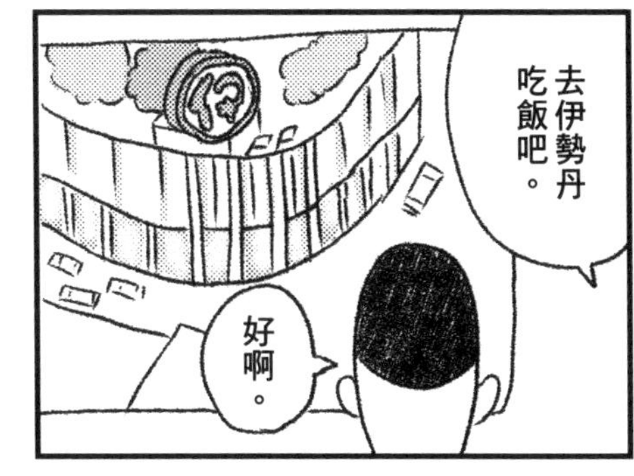
去伊勢丹
吃飯吧。
好啊。

歡迎光臨，
這位就是
住在二樓
的先生嗎？
就是他。
咦？

您們好像
很熟……
門口那幅畫
是長嶋茂雄
畫的喔。
點午間套餐吧。

香菇的
味道好香，
感覺秋天
就要來了。
前一次透過食物感受到
季節變換是什麼時候啊？

這個給您，
我只吃得下
一半。
好，
我不客氣了！

生魚片也
給您一半。
這玩意兒
好硬，
全部給您。
啊，
好的……

最後是
海膽與
鮑魚的
燉飯，
我來幫
二位分裝。
那個……
我只要
一點點……

矢部先生，
以前的人都
沒有東西吃，
很辛苦……
請全部給我！

味道真不錯，下次帶心上人來約會吧？
約會！？
那個……今天請讓我請客。

只是頓午餐，居然超過一萬日圓！
太可怕了！真不愧是掛著長嶋教練作品的餐廳！
那個……等等再請您喝茶……

不用啦，陪我去地下街買東西吧。
食物的話去超市買不是比較便宜嗎？現在還有全面一百圓的特價……

我才不去什麼超市。
房、房東阿嬤……

FOOD
歡迎光臨！
哎喲，今天有護花使者哩？

請給我鱈魚子。
您是住在二樓的演員嗎？房東阿嬤就請您多照顧了。

今天的鱈魚子很好吃。
那我也買一盒吧。
感覺就像地方的商店街，充滿了人情味。

鱈魚子要兩千日圓？
嚇死都只在百圓超市買東西的我了！
2000
呃……家裡還有……

請問……您都在伊勢丹買東西嗎？
對呀，不管吃的、穿的還是家電都是。

家電也是？原來這裡有賣……
為什麼在這裡買啊？
為什麼喔？這個嘛……

我以前曾經和家人一起來搭電梯。
搭電梯？

電扶梯剛問世的時候，是很好玩的遊樂設施喔。
遊樂設施？

還會來吃兒童餐。
都是戰前的事，當時我也是小孩哩。
這裡和當時一樣，都沒什麼改變。
呵呵

周圍蓋了一堆沒見過的新建築物，
我走不進去。

去買東西啊？
對呀。
從今天起……伊勢丹也是對我而言很重要的地方了。

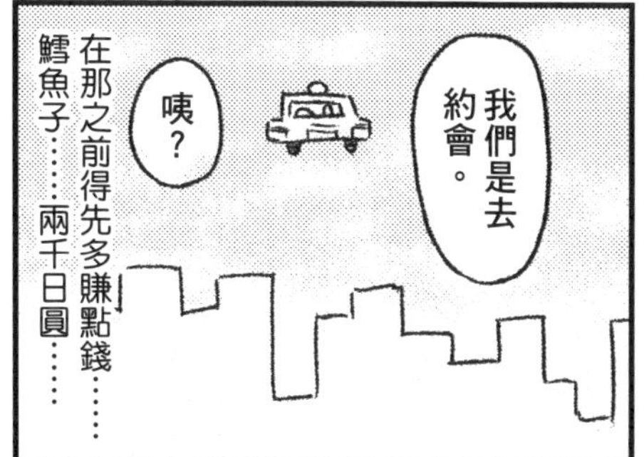
我們是去約會。
咦？
在那之前得先多賺點錢……鱈魚子……兩千日圓……

這個零嘴吃起來清爽無負擔。
這叫雛米果①。

對了，今天是女兒節！
小歸小，我也擺出了女兒節玩偶。

想給矢部先生看看。
好精緻啊！

以前會擺出更大的雛壇，
現在沒辦法了。

可以收起來了。
咦？這麼快?!

不快點收起來會耽誤良緣②。
不管到了幾歲都還是女孩子呢……
收拾 收拾

還耽誤良緣啊……真是太可愛了……
還拿了雛米果回去吃
等等！

難不成是為了我！

①女兒節吃的點心，在米果外面裹上糖衣。

②相傳過了女兒節還不收起雛人偶，會害女兒嫁不出去或晚婚。

和房東阿嬤喝茶時，
會配合點心
喝紅茶、綠茶或咖啡，
變換著花樣。

然而
如果是晚上喝茶，

一定是喝焙茶

喝這個可以
睡得很好。
哦—

確實睡得很好，
第二天起床時
也神清氣爽。
神清氣爽

因為咖啡因含量很少，
還含有助於放鬆的
左旋茶胺酸成分喔。
欸—
喔—
焙茶好
神奇！

幫助安眠，
對皮膚
也很好。
啊，
請給我焙茶。

沒有這個。
說的也是。
我要喝酒。

房東阿嬤請我幫忙拍照。
喀嚓

房東阿嬤不曉得寫了些什麼。
您在寫什麼？
佳代子……
美智子……

再來麻煩您拍這個玉蟲的胸針。

萬一我死掉，就可以知道哪個東西要給誰。

喀嚓！
好漂亮啊！
裡面有隻蟲

咦……
矢部先生也拿點什麼吧？

在拍立得的照片上，

像是家父視若珍寶的和服……
不用不用！我就不用了。

接下來是這幅版畫……
啊，好的！

房東阿嬤的語氣就好像預約了美容院做頭髮。

可是……有必要考慮到死後那麼遠的事嗎？
喀嚓
一點也不遠喔。

如何？這張照片和那張照片哪張拍得比較好看？
咦？

嘶
孤家寡人會給別人添麻煩……所以最好先整理一下。

難不成……
遺照啊。

我已經找好葬儀社了。
什麼？

別問我啦！
唉呀唉呀，真遺憾……

某天當我騎著腳踏車
經過自家附近，

臉色看起來也不太好，

看到房東阿嬤。

我不敢出聲，

房東阿嬤
走得好慢、
好慢，

只是默默地
騎過去。

比平常
更嬌小。

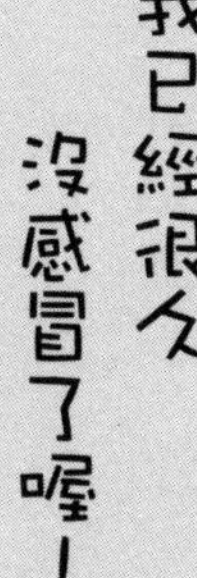
我已經很久
沒感冒了喔！

有一天，我和房東阿嬤
搭了三十分鐘的電車，
前往與市中心相反的方向，
要去哪裡？

太宰治

然後又坐了
快一小時的計程車，
秘密。

似乎也是這樣
不遠千里而來。

終於抵達綠意盎然的
目的地。

就像我和矢部先生
一樣……
難不成……
要殉情?!

這裡是太宰跳河
自盡的玉川上水。
是噢……

不是，
只是來吃飯啦。
呵呵呵～
而且太宰的家
就在附近喔。

用餐前先喝茶。
很正統的茶道

真是個好地方！
下次想跟初戀情人一起來……

初、初戀！
那是戰後不久……

年輕男女聚在一起開舞會，
欸——

好時髦啊！邊喝著美酒，
跳舞到天明！

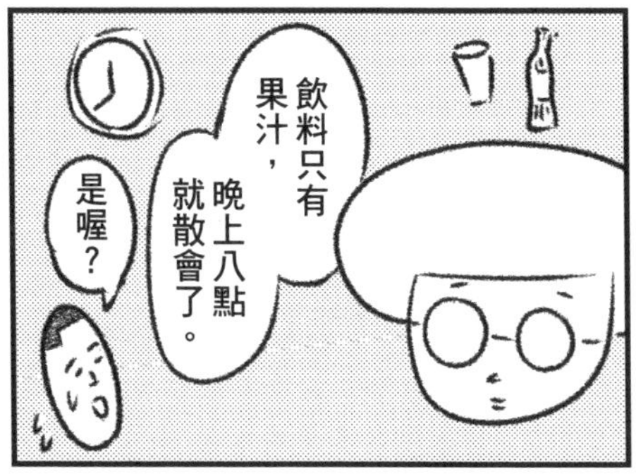
飲料只有果汁，晚上八點就散會了。
是喔？

要穿禮服嗎？
怎麼可能。

穿著自己織的毛衣和褲裙，
去參加舞會……

①一八九七年尾崎紅葉的小說《金色夜叉》裡的男女主角。

最近，我偶然在活動中心的健康舞蹈會上，又遇到他。
哇噢！

所以他也……
當年和現在不同，不是女人能主動示愛的時代。

聊了一下才知道，
我老婆死了，現在單身喔。
有機會

我們是不是太老實了。

然後我們又去喝茶，
呵呵
您就是我初戀的人。
我這麼告訴他。

真的嗎？要是妳當年跟我說……我也不會……
他說……

真希望當時能多互動一點……

也是啦。

那個……

畢竟八十七歲的夏天只有一次。

從在開始互動也不遲啊。

說得真好！我也要加油！
三十九歲的夏天只有一次，要多多互動！

就這麼辦！找他一起去吃飯吧！
現在開始？

您三十九了？老大不小了耶。
咦？
已經是「不太妙」的年紀了……
欸欸……

芥川和太宰的長相
是我的菜

我和合作演出的女性去伊勢丹吃午餐。
房東阿嬤真是太迷人了！
就是說啊

還有！房東阿嬤送了我好幾條大方巾，要不要來我家看？
不要。

我也很喜歡伊勢丹喔！
哦！
總是流連忘返，幾乎想住下來了。

是……是噢……
這個好好吃！
被乾脆地拒絕了，只好一個人回家。

這裡有長嶋教練畫的畫。
哇……您好熟這裡喔。

原來您喜歡不拘小節的人啊。
不是……
如果說……我還想約她，要約什麼地方比較好呢？

GHQ
戰後的伊勢丹，三樓以上原本是GHQ①的辦公室，當時屬於美國領土喔。
欸——好厲害。
想也知道是向房東阿嬤現學現賣的。

我想想，如果是這個季節，約她去撿銀杏如何？
我知道一個好地方
咦？撿銀杏？

① 駐日盟軍司令部（General Headquarters）的縮寫。

好棒！
可以撿個過癮！
謝謝您！
房東阿嬤！
好開心喔！

撿銀杏
妖怪！
咯嚓
哈哈哈
哈哈哈
咦？
毛巾
好開心！

對了……
銀杏要曬乾才能吃……
既然如此……嗯……
沒辦法……
如果您不嫌棄的話……

等一下要不要
來我家曬銀杏？
不要。
這裡有
好多呀！

第二天
給您－
她玩得
很開心。
哇，滿滿
一大袋

可是真的很
捨不得呀……
什麼？

一想到矢部先生
結婚之後就會
搬出去……
再見－

還早得很，
您也太心急了！
還早還早
不過說真的……
現在的房間（套房）確實
住不下兩個人……
說的也是……要搬家了……

在大劇場，不是搞笑，而是參加舞台劇的演出。
拍宣傳照
喀嚓
喀嚓
喀嚓
喀嚓
您太僵硬了！

而且那齣舞台劇還是跟熱愛伊勢丹的女生一起演出。
請多多指教
請多多指教

這就是命中注定！
感謝命運之神！

從綵排到正式上台，每天都要見面。
回家方向也一樣，還可以結伴回家。

聊了很多話題，距離逐漸縮短。
我把台詞忘得一乾二淨……
太不敬業了

尤其是公演期間，在後台等待出場的空檔，經常在一起。
我期待這段候場時間更甚於上台。

房東阿嬤今天也來了，我好緊張啊！

可能會犯錯……
您不是一直在犯錯嗎？
聊著各種話題。

總是在後台天南地北亂聊，
這天明顯有些不同。

矢部先生和房東阿嬤，看起來好像幸福的一家人。
我這輩子經歷過太多心酸的事了。

我也好想有家人啊，好想得到幸福。
這時光線（從舞台上）灑落下來……

那個……
耳邊（從舞台上）傳來沉靜的鋼琴聲。

如果您願意……要不要和我變成一家人？
我向她告白了。

啊，我不是這個意思，
而且我有男朋友。

該您上場了！

咦？
欸？
什麼——！

我到底幹了什麼好事！
還有幾場……
接下來的日子該怎麼過……

您的未婚妻在哪裡？
我想跟她打招呼
啊！不是！

矢部先生，
咦？

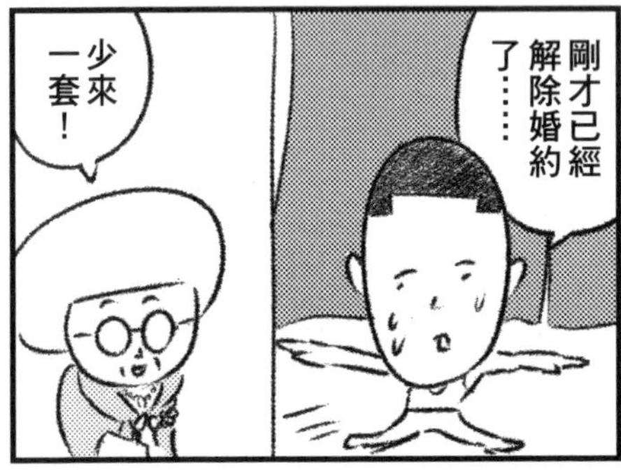
剛才已經解除婚約了……
少來一套！

您演得好棒，
矢部先生光是站在舞台上，
該說是哀愁嗎……有股淡淡的悲傷。

真的啦……坐下來喝杯茶吧。
是嗎？
我的事不重要，倒是您和初戀情人怎麼樣了？

是……
嗎……

哦，那個人啊……

明明說好要一起去吃飯，
卻一直沒來聯絡，

說他死了……

打電話給他也不接，打了好幾次都沒人接。
欸欸……

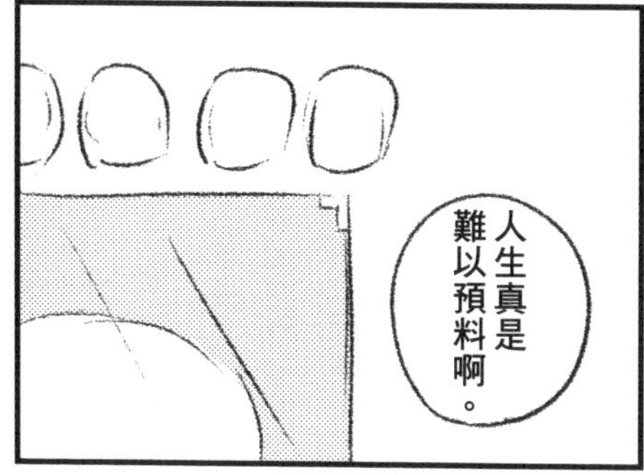
人生真是難以預料啊。

然後我突然接到一通電話，
哦！

是他弟弟打來，

房東阿嬤……
往後也請
回去吧
繼續多多關照了。

參加電視的
談話節目演出時，

因為很少有機會上談話節目，
緊張得胡說八道，
結果我……

說了一個超級冷的笑話。
沉——默

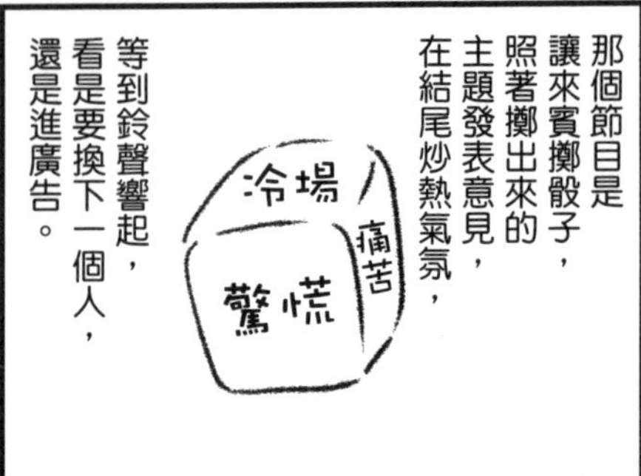
那個節目是
讓來賓擲骰子，
照著擲出來的
主題發表意見，
在結尾炒熱氣氛，
等到鈴聲響起，
看是要換下一個人，
還是進廣告。
冷場
痛苦
驚慌

我完全炒熱不了氣氛，
想當然耳鈴聲
也不會響起。
然後呢？
還沒講完吧
繼續啊
所以呢？
後來怎樣了？
我腦中一片空白，

主持人和我的搭擋
拚命想救場，
那您平常
都做些什麼？
對了，這傢伙成天和
上了年紀的房東阿嬤
一起玩喔。

您們都
玩些什麼？
量血壓……
看誰能
刷新最低
紀錄……
啪嘰
搞什麼鬼！

咚
下一個！
叮咚！

好不容易錄完影，
太可怕了……
辛苦了！
辛苦了！

矢部先生口中的房東阿嬤好可愛！
好想見見房東阿嬤。
咦？

下次去您家錄影吧！
真是好主意！
多多指教！
欸欸——！

談話性節目？我沒在看耶。我開電視只為了看結弦。
羽生結弦①？
說的也是，我還是幫您推掉吧。

①日本男子花式滑冰明星選手。

我要上鏡頭嗎？如果是跟矢部先生一起的話，
我很樂意喔。
真的嗎？

不知不覺就來到錄影當天。

矢部先生……怎、怎麼辦？
很緊張吧，交給我就好了！

茶杯不夠。
來了快三十個人
等等！這不是重點吧！

開始正式錄影。
二位的感情好好啊。
貴安
啊，呃，
嗯……對呀……

感謝他對我這麼好，延長了我的壽命。
哈哈哈
哈哈哈
呃……對呀
哈哈哈

太好了！
那麼，請房東阿嬤擲骰子。

喔哦
我扔！

是這個！
矢部君的糗事
沒有。

什麼？
他很善良，又聰明，還考上了非常難考的氣象預報員。

他會自己預測天氣再洗衣服，很值得參考。
矢部先生曬衣服那天一定會下午後雷陣雨……

那我就不曬衣服了。
爆笑
比我還會說話。

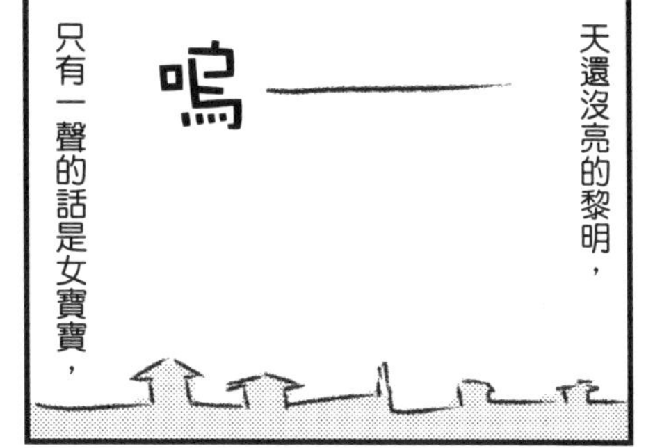

①日本搞笑藝人大西LION

事情發生在我在房東阿嬤的房間裡喝茶量血壓的時候。
矢部先生果然跟外表一樣低血壓。
不好意思……我是毫無驚喜的男人……

換我了
那個……這是工作時收到的伴手禮。

松島很漂亮，之前去的時候也很開心。
您是什麼時候去的？
松島饅頭

我記得……應該是國鐵最後那年①……
您的「上次」居然是國鐵時代？
和房東阿嬤在一起，時空會錯亂。

可惜我已經無法自己去旅行了。
那就跟朋友一起去啊。
跟朋友去喔，呵呵……講個笑話給您聽。

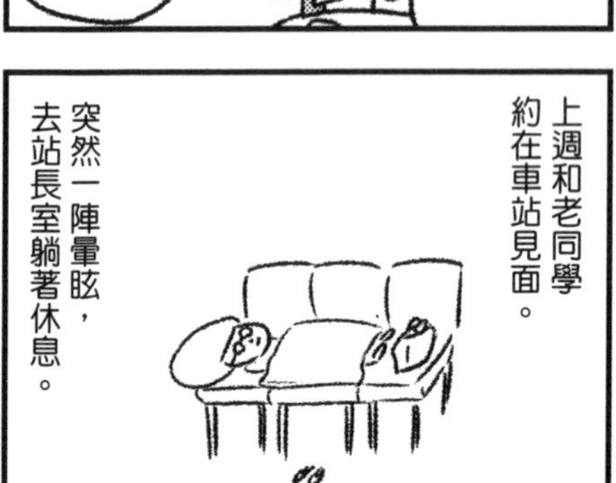

上週和老同學約在車站見面。
突然一陣暈眩，去站長室躺著休息。

結果朋友也身體不舒服，連車站都走不到。
所以就扯平了。

呵呵呵
好難笑啊！

①指一九八七年，國鐵（日本國有鐵道）民營化改名為JR。

其實我……
有個這輩子無論如何都想去一次的地方……
嗶嗶嗶

知覽啊……是個好地方呢。
老實說，我根本不知道知覽在哪裡。

好低。

可是不經意間就這麼脫口而出了。
如果說要找個人一起去的話……例如我……

再量一次。
還可以這樣嗎？
重新設定!!
嗶

如果矢部先生願意陪我去，那真是太開心了！
嗶嗶嗶
一定一定。

要是能有精神一點，我想去知覽看看。

哦，比剛才稍微高一點。
欸，那我也要再量一次……
我和房東阿嬤約好一起去玩。

這是我和搭擋演出脫口秀那天的事。
關於下個月的行事曆，
脫口秀
當日券販賣中

這個「矢部旅行」是怎麼回事？
經紀人
搭擋
哦，那是房東阿嬤呵呵呵地說……死前一定要去……

什麼？你是認真的嗎？

萬一那天有重要的工作找上門怎麼辦？還有別的事要做吧！
不紅的菜鳥還跑去旅行，太誇張了吧！
這時期有很多特別節目……

我去打個電話……
畢竟還沒有定案……

房東阿嬤……那個……旅行的事啊……就是喔……
我真的很期待！非常感謝您！

我已經和九州的朋友約好了，旅館也訂好了，好期待喔！
啊……好的，我也……很期待……

哇！
很期待!?

開始表演時，
搭擋完全不理我，
一個人自說自話。
真的是！
對不對～
哈哈
哈哈

真是太孝順了！
爆笑

那……
那個……
哈哈哈
哈哈

隨便你啦！
想去就去吧！
入江……
哈哈哈

可是已經……
那個……
約好了……
啊？
這傢伙……

可以讓我說一句嗎？
不是八十八歲，
是八十七歲……
都一樣啦！
你可以滾回去了！
哈哈哈

一天到晚偷懶，
還要帶女人去旅行喔！
對象居然是八十八歲的房東阿嬤！
咦
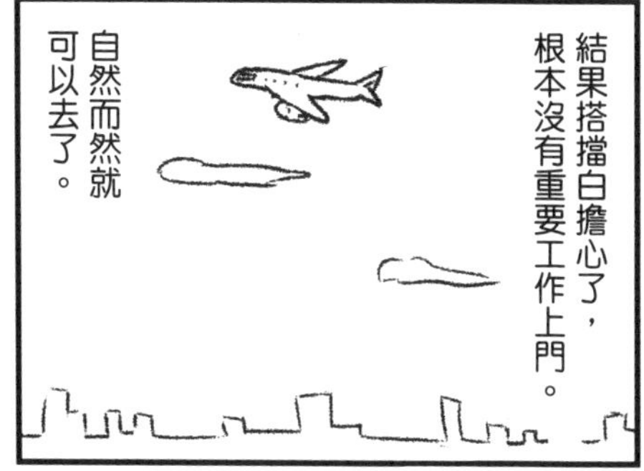
結果搭擋白擔心了，
根本沒有重要工作上門。
自然而然就可以去了。

特攻隊與惠美妹

真的來到東洋的夏威夷了。
KAGOSHIMA
與房東阿嬤搭飛機到鹿兒島機場。

出發旅行前，房東阿嬤借我一本鹿兒島的書。
提到鹿兒島，
薩摩甜不辣？
黑毛豬？
拉麵？

那是寫滿觀光勝地及美食資訊的旅遊書……
……才怪，
書裡寫的都是七十年以前的鹿兒島。
特攻之都
知覽

這趟旅行的目的地是戰時的特攻隊基地，
也是與房東阿嬤的兩人之旅
……

才不是——
歡迎歡迎！
好久不見了！

是和房東阿嬤的朋友
她是惠美妹。
抱緊—
超開心—
您好嗎？

惠美妹（五十八歲）一起，
好高興啊!!
抱緊
是以前在東京上班時的好姊妹，結婚後搬到大分。

初次見面！矢部先生！
抱緊—
您好瘦又好薄
請、請多多指教……
不可思議的三人之旅要開始了。

西鄉大人正俯瞰著鹿兒島的街道呢。
跟上野不一樣，穿著軍服，好有派頭啊。

有點像我兒子。
這是什麼感想！

考考您！上野的西鄉大人看著哪裡？
鹿兒島吧？
我聽說是看著敵對的大村益次郎的銅像的方向。

友都八喜量販店
錯了！正確答案是友都八喜量販店的上野店！

這樣喔……來拍照吧。
好
認真思考的我實在太蠢。

好像家族旅行耶。
一家三口！

飯店住同房間沒問題吧？
沒問題。
咦，欸？
跟女性……住同一個屋簷下……？雖然平常也是這樣……可是……怎麼辦？

櫃台
您們預約了兩個房間。
呼
惠美妹真愛開玩笑！

第二天，
去知覽特攻和平會館。
裡頭
展示著許多照片。

都是年輕人的遺照，
還有大量的信件。

那些都是遺書。
流淚
哽咽
啜泣
嗚咽

當時十七歲……
和我一樣大。
我已經變成
這麼老的
老太婆了。
嗚嗚
嗚嗚
嗚嗚

惠美妹和我
都淚流不止，
雖然我有乾眼症，
沒有真的哭出來。

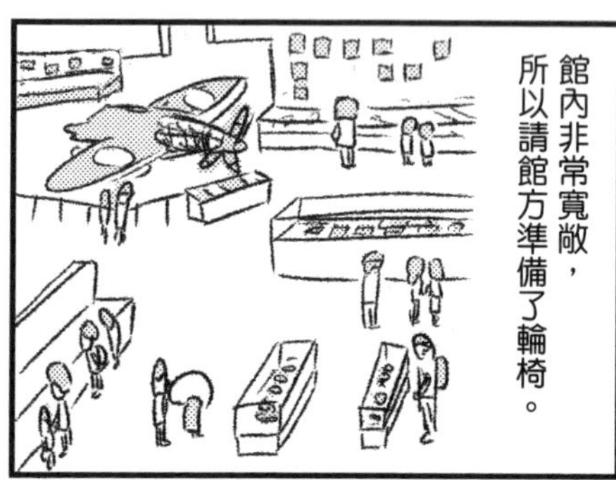
館內非常寬敞，
所以請館方準備了輪椅。

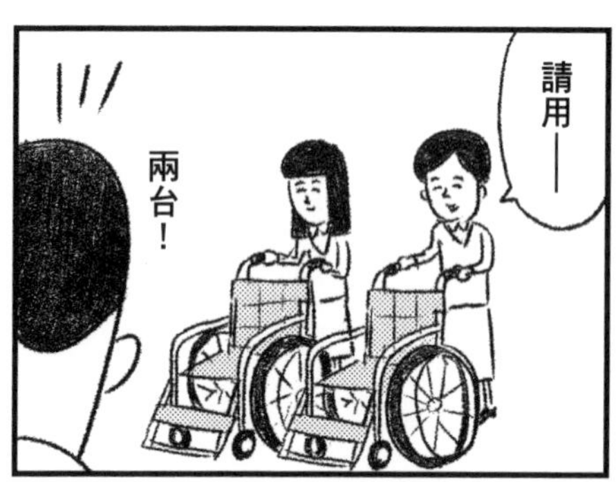
請用——
兩台！

不好意思！
遠遠看還以為
是位老先生！
喔……
是哦……
走到戶外，
眼前是藍天和碧海。

房東阿嬤另一個想去的地方，是指宿的砂浴。
砂浴場
好期待啊！
我第一次來！
我也是！

對心臟及身體的負擔太大了，所以不適合年紀太大的人……

哇，好熱、好熱……
砂浴就是這麼回事。
可惜房東阿嬤……

只能埋埋腳……
年輕真好……
對呀，不過房東阿嬤這一趟真的玩得很開心喔。

矢部先生……您搬來前沒多久，她姊姊剛去世，
因為她們總是一起去旅行，所以她很難過。

說自己終於落得孑然一身了。

如今卻變得充滿活力。

好舒服呀！
砂浴
您也太有精神了
我埋太久了～
沒事吧？您真的好像老先生喔！

無意中在網路上發現家庭用棉花糖製造機。
房東阿嬤說她沒吃過棉花糖……

幾天後——
我等您好久了！

哇—
加入砂糖。

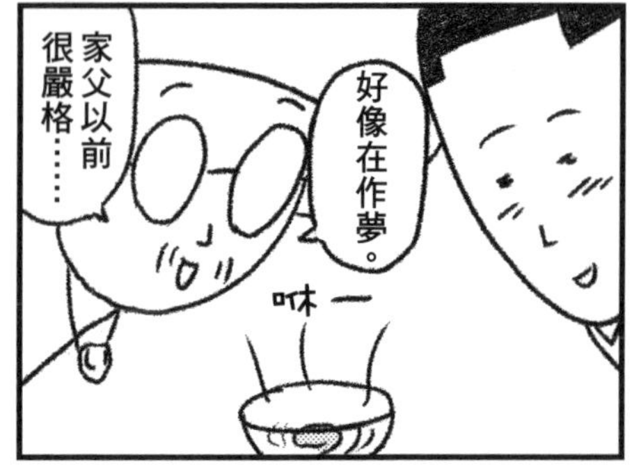
好像在作夢。
家父以前很嚴格……
咻—

擔心腸胃病拉肚子，都不讓我吃廟會的食物。
其實也可以請女傭偷偷買給我，但我又很老實……總是又羨又妒地看朋友吃棉花糖。

充滿嫉恨的棉花糖。

好強的怨念！

好甜。
因為是砂糖嘛。
感想倒是簡單直接。

後輩
後輩
啊，電話。
跟後輩去買東西的時候——

盯——
貴安……啊，您好。
明天？大概幾點？

女朋友？
才不是，是我房東……
喝茶……好。

約會？
呦
呦
不是啦！
好啊，喝茶……

真的只有喝茶嗎？
不然呢！對方是老婆婆啦！

跟房東喝茶。
這是什麼距離感？感情好好！
那麼改天見……好的。

啊，剛才謝謝您的電話。

嚇！
您說我是「老婆婆」對吧。
我不會忘記的……

這家店
不錯耶。

那兩個人是在
私會嗎？
小聲
私會……

成雙成對
的人好多啊。
成、成雙成對……
呃……
您要喝
什麼？

五勺左右的
咖啡吧。
五勺？

現在人
都不這麼
說了嗎？
約莫是
這個杯子的
一半左右。
哦—
一勺約十八毫升左右。

我非常喜歡
房東阿嬤會
偶爾冒出這種
古早的用語。

請在那邊的
果汁機讓我們
下車。
稱自動販賣機
是果汁機！
最後還來個精彩的！

根本查不到
這種說法……
咦？
是房東阿嬤
自創的詞彙嗎？

我看完了，
不嫌棄
的話……

房東阿嬤借我
她看完的書。

有些是充滿思古幽情的作品，
也有最新的
得獎作品和暢銷書，
我們會邊喝茶
邊討論感想。

好多性方面的
描寫啊……
房東阿嬤對這本書……
有什麼感想……

隔天——
如何？
呃，
那個……
呃……

很不知
羞恥吧？
是……

很不知羞恥。

昨天第一次吃軟糖

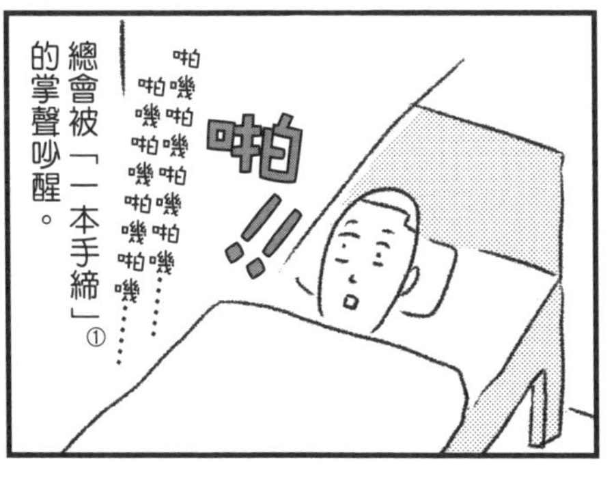

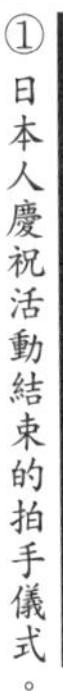
① 日本人慶祝活動結束的拍手儀式。

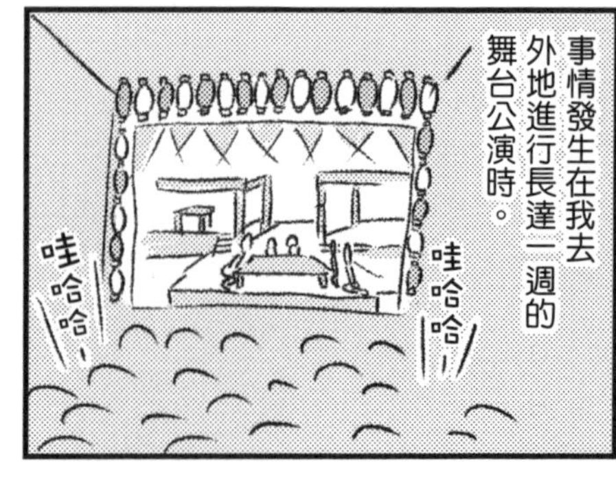
事情發生在我去外地進行長達一週的舞台公演時。
哇哈哈，
哇哈哈，

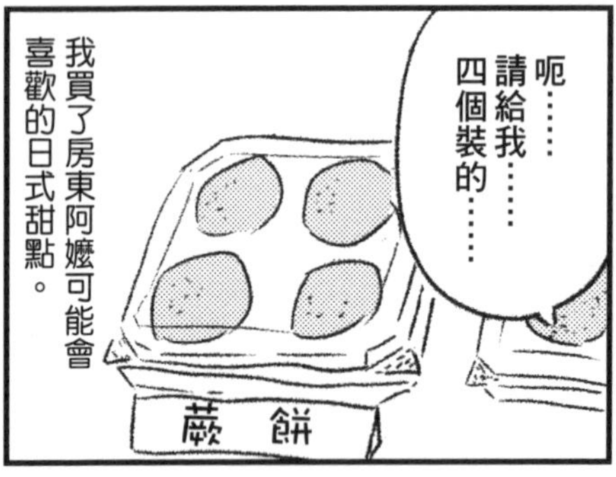
呃……請給我……四個裝的……
我買了房東阿嬤可能會喜歡的日式甜點。
蕨餅

一起去鹿兒島旅行的惠美小姐打電話給我。
好久不見了！鹿兒島好好玩喔！
這不重要，矢部先生，您聽說了嗎？

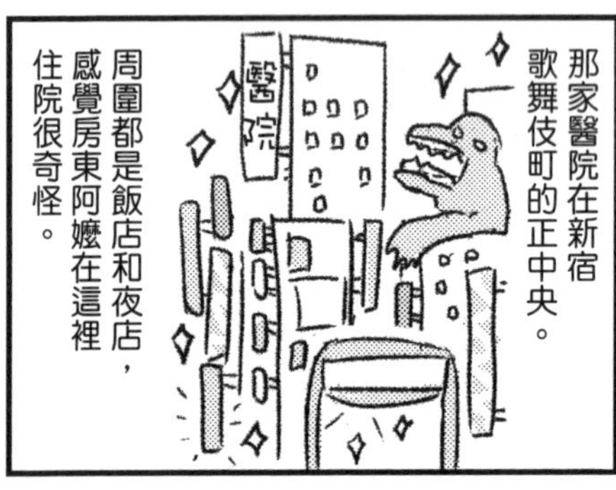
那家醫院在新宿歌舞伎町的正中央。
醫院
周圍都是飯店和夜店，感覺房東阿嬤在這裡住院很奇怪。

房東阿嬤病倒了，
被救護車送到醫院。

病房前，
聚集了大批房東阿嬤的親戚。

意識好像很清楚，可以去探望她。
但是我這禮拜都在外地表演……禮拜天再去看她……

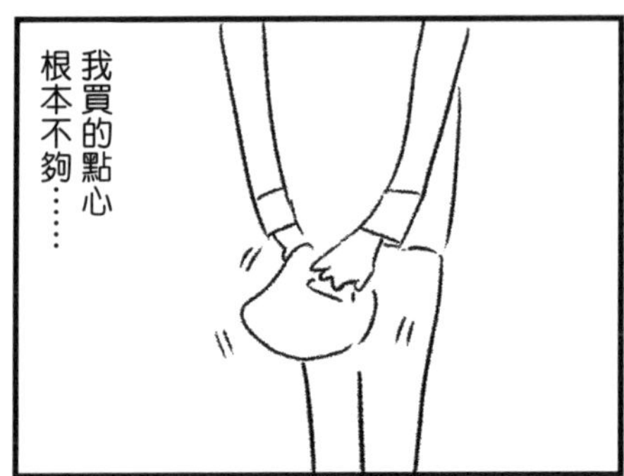
我買的點心根本不夠……

我是她姪子，感謝您跟我姑姑成為好朋友。
別這麼說……好朋友？
聽說是因為細菌感染而發燒。

明明身體還很硬朗……
可是醫生說……以獨居而言，她的年紀還是太大了。

所謂的老化並不是慢慢地走下坡。
而是像樓梯那樣陡峭地下降。

所以安排她住院，直到恢復體力。
萬一無法重拾過去的生活，就必須考慮讓她去住老人院了……

貴安……

那……那個，是惠美小姐通知我。
抱歉啊……頭髮亂糟糟的。

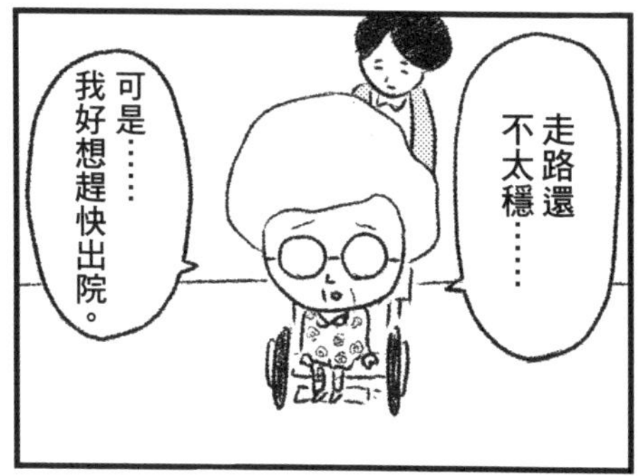
走路還不太穩……
可是……我好想趕快出院。

好想去伊勢丹啊……
我也是。

房東阿嬤住院後，
原本就很安靜的家，
變得更安靜了。

就連行動電話也是
親戚要她帶在身上，
可是我從沒見她用過。

我與房東阿嬤聯絡都是
打室內電話或寫信，
她一住院我就無法
主動聯絡她了。

房東阿嬤
不在家了。

房東阿嬤
#住院
現在是即使相隔兩地，
也能靠社群網路
得知彼此近況的時代。

說是不在，

但是房東阿嬤沒用推特、
也沒用IG，
沒有任何社群帳號。

更像是
消失得無影無蹤。

再度去探望她的時候，
我去伊勢丹買了
大盒的餅乾禮盒帶去。

護理長！
什麼事？

今天是平日，只有我一個人。
好硬。
探病真不是件容易的事。

這位是住在我家二樓的演員，很習慣在連續劇裡飛來飛去，您可以跟他握手！
不是連續劇……

每天閒著沒事做……前幾天還在電視上看到矢部先生。
您飛了起來，好帥啊。

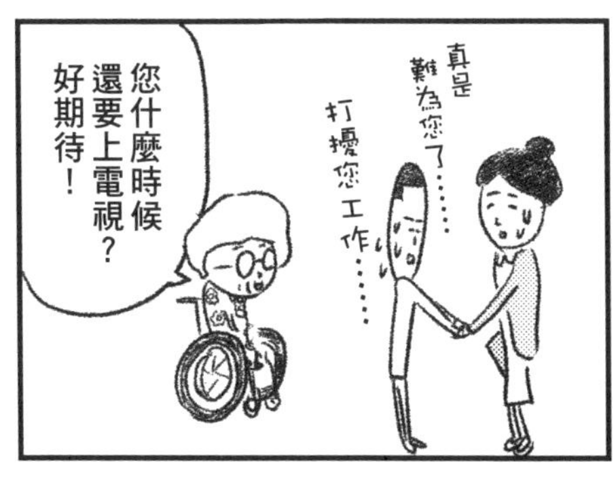
真是難為您了……
打擾您工作……
您什麼時候還要上電視？好期待！

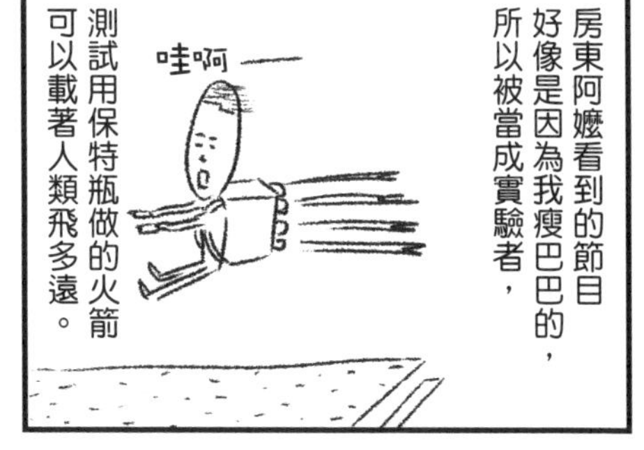
房東阿嬤看到的節目好像是因為我瘦巴巴的，所以被當成實驗者，
測試用保特瓶做的火箭可以載著人類飛多遠。
哇啊——

最近沒有什麼邀約……
是喔……好可惜。我只期待看電視的說……
我下定決心，要多上一點節目，最好能再拍個連續劇。

我接到從房東阿嬤的手機
打來的電話。
房東

這是房東阿嬤第一次
用手機打電話給我。
房東阿嬤從手機裡
傳來的聲音，
比平常還要虛弱。
您在忙嗎
我想見您

這也是她第一次打電話
叫我去醫院看她，
我有點擔心。

打擾了……
看吶♪
東海的～
天空亮了～

國泰民安～
國本不墮～

我大日本的～
驕～傲～

成～就～
矢部先生，
您來啦？

因為大家
都是同年代，
就一起唱歌。
再來唱
肉彈三勇士
的歌——
呵呵呵
好、
好歡樂
啊……
好猛的歌詞……

您是孫子嗎？
不是，我是她房客。

還有……關於房租……

我住的大樓都沒人來看我……您真了不起。
不……那才是正常的反應……
兩位都是房東啊……
矢部先生，要不要去喝杯茶？

以後可以請您不要遲交嗎？
當然……我太散漫了……對不起。
我被房東阿嬤寵壞了，不是遲交、就是一次補繳好幾個月的房租。

我在交誼廳點了咖啡，房東阿嬤喝焙茶。
我倆家在那個方向吧
是另一邊

因為接下來要請別人管理收租的事，

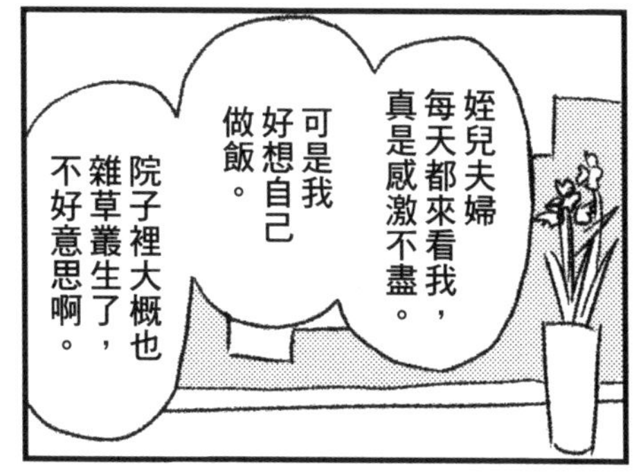
姪兒夫婦每天都來看我，真是感激不盡。
可是我好想自己做飯。
院子裡大概也雜草叢生了，不好意思啊。

我變成前任房東了……

這樣啊。
是的……已經一個多月了。

家裡突然只剩我一個人,超寂寞的……
也不能再遲繳房租了……不過本來就應該準時交租……

是你下的毒嗎?
為了遺產嗎?
什麼!?
怎麼可能啦!!

你只想到自己耶。
咦?

那麼……請她寫一張字據如何?
所有的財產都給二樓的矢部先生…… 房東
不要胡說八道啦!

無妨啦,等到遺產入袋記得請客喔。
買單!
不可能!絕對不可能!

開什麼玩笑,真是的……我現在可慘了!

只想到自己……

花謝了……
嗯？

房東阿嬤轉院了。

前些日子明明還是花苞。
哦－
每年都開得很漂亮喔。

謝謝囉。
沒問題！

你經常來這一帶嗎？
沒，這裡不是我的地盤。
我都混池袋、澀谷和歌舞伎町
我約小野一起去探病。

房東阿嬤換到專門復健的醫院。
好漂亮的醫院啊。
哇哦！

醫院旁邊就是墓地耶！太搞笑了！
不准笑！
喂！絕對不能告訴房東阿嬤喔！

請在這裡填寫資料。
這樣啊

您幾點下班？
不准把妹！

在睡覺……

大概是復健得太累了。
過於認真復健……

要是長出六塊肌可怎麼辦才好，太搞笑了。
噗噗噗
貴安
強壯
強壯

你回去啦……
噗噗噗
誰……？

好久不見了!!
小野!!

好開心
小野先生打扮得好時髦啊。
會嗎？是比平常更花俏一點。

矢部先生也來啦？
欸
現在才看到我！

矢部先生好像地板。
地板……
淺灰色
深灰色
鼠灰色

小小禮物不成敬意！
小野帶了蛋糕來?!
哇，我喜歡！

還加了紅豆！
好棒喔
我也有！
不是上次那種硬邦邦的餅乾……

是醋溜海藻！
醋溜海藻
頂級
?
?

YES!!
來吃蜂蜜蛋糕吧！

復健太累，不小心睡著了。
這樣很讚啊。

可是不需要練出六塊肌喔。
我嗎？
呵呵呵
啊，好好吃……

您知道嗎？旁邊就是墓地喔。
啊——！

是嗎！那真是太方便了。
呵呵呵
呵呵
呵

這次啊，被認定為需要受照護的對象，真是大受打擊。
從需要協助變成需要照護了。

答啦哩答啦！
房東阿嬤升級了！
住口！

聽起來很厲害呢！
請繼續往上提升
喂！

房東阿嬤看起來好開心……
櫃台小姐很可愛，我要等她下班
真的假的
呵呵呵

歡迎您有空再來。
好啊！每個人都好可愛喔！
你是來把妹的嗎！

我還想幫忙除草！矢部先生不用出現也沒關係！
幹麼排擠我!!
出院以後，

我可能要去養老院，
或許再也回不去了。

一回到家，房東阿嬤就打電話給我。
喂？

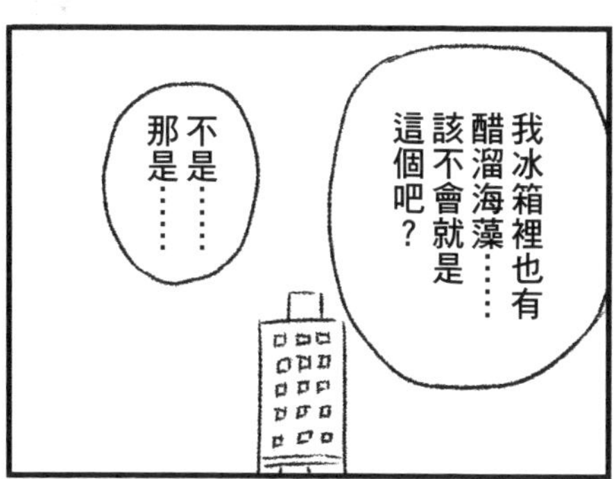
我冰箱裡也有醋溜海藻……該不會就是這個吧？
不是……那是……

① 正式名稱為「吉本新喜劇」，為日本吉本興業演藝事務所於一九五九年開始舉辦的搞笑藝人舞台現場演出。

② 二戰前後的日本演員、歌手，被稱為「日本喜劇之王」。

③ 一九三〇年代日本最具代表性喜劇演員。

落幕後。
辛苦了～
今天也讓觀眾大笑了。
是啊……
幸好整場演出算是有炒熱了氣氛。

貴安……

多虧住在附近的美智子和佳代子帶我來。

還好嗎？
啊，這位是團長。
大家都好年輕啊！明年才要辦成人式吧？

呵呵呵
真會說話！
很高興認識您，您是那位粗枝大葉、很照顧矢部先生的前輩吧。

多謝讚美……

演出非常精彩！

讓我想起年輕時看的《馬克白》。

這裡

沒人看過

《馬克白》，

但總覺得
非常值得自豪。

送她離開時，

各位的工作很了不起，逗得大家哄堂大笑。
很好啦。

只有矢部先生一個人表現出正經八百的演技。

房東阿嬤，
那是因為……
只有我冷場了。

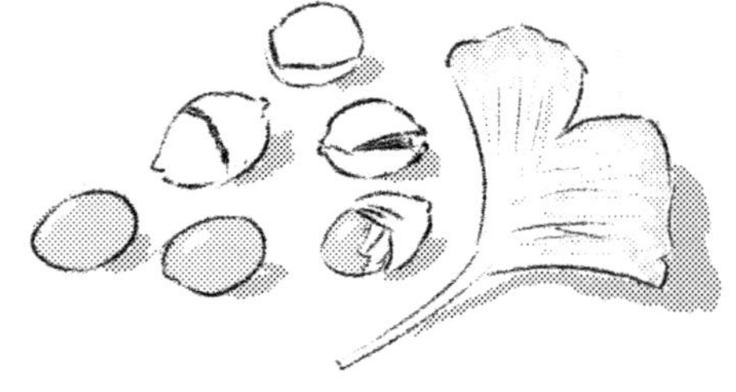

房東阿嬤住院
三個月了。
沒有房東阿嬤的日子，
也變得習以為常。

有一天，

院子裡來了很多人，
穿著工作服，
看起來像是
建築業的人。

房東阿嬤的姪子
也在那些人裡面。

重建？
改成大樓？
停車場？

我好想一直
住在這裡啊……
討厭啦——

偷偷摸摸

要逼我搬家嗎——
討厭啦——
幸福的日子
好短暫啊——

拆掉這裡的台階，
加上通往院子的緩坡和扶手。
咦？

所以決定重新整修。

您、您要做什麼!?
哇—

重新整修

嚇死我了！您是二樓的……

太棒了！
施工可能會有點吵，先跟您說聲對不起。

因為姑姑非常堅持要回家，
長照保險也能補貼一些施工的費用，
喘—
喘—

別這麼說！請盡情地整修！
好、好的。

重新整修後，房東阿嬤的家煥然一新。
喀嚓
嘟嚕嚕嚕
房東阿嬤，歡迎回家！

呼—

矢部先生，

要不要喝茶？

謝謝您幫我收拾紙箱。

不用客氣！

您好有力氣啊。
跟同年齡的人比起來其實算是弱雞……

找到好對象了嗎？
沒有，還早得很。

那就請您繼續住在二樓了。

好的……明年也像這樣一起賞櫻吧。

矢部先生，

是梅花。

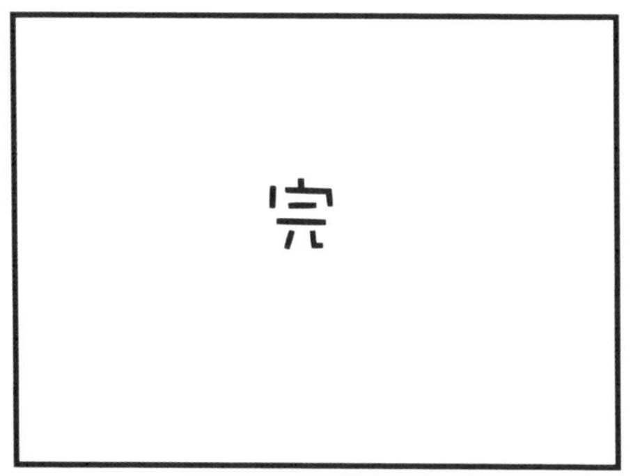
完

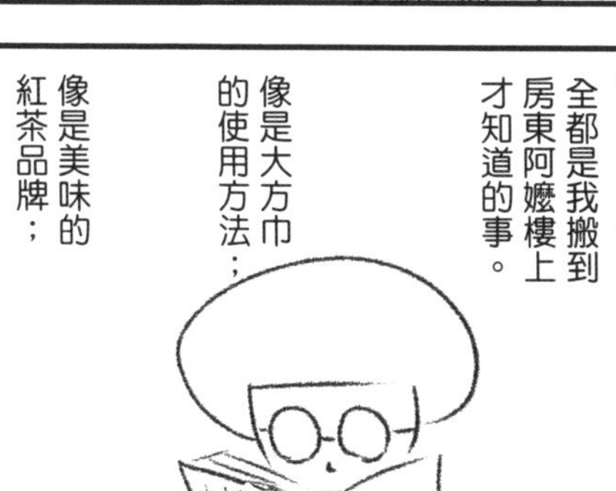

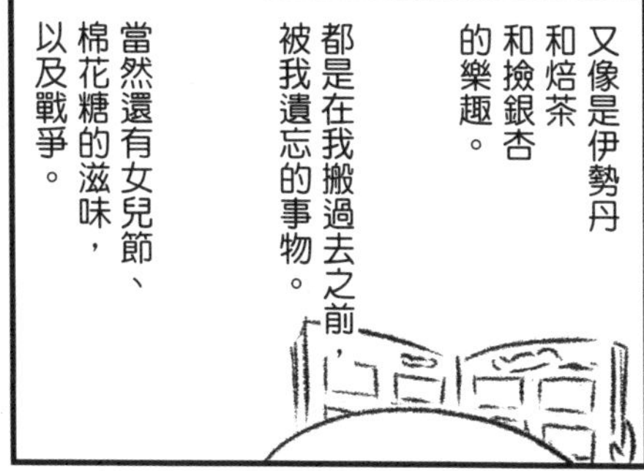

①のらくろ，一九三一年日本漫畫家田河水泡的作品。②フクちゃん，一九三六年日本漫畫家橫山隆一的作品。

我看完了。
您……覺得如何？

小巧下垂的雙眼是我最迷人的地方說，
希望您把這部分畫出來。

欸……
被打槍了……

例如……
摸摸
掏掏

例如這份報紙週日版的插圖這樣！
還有剪報！

很可愛吧。
動物……

矢部太郎

一九七七年出生。
在搞笑二人組「空手道家」中負責裝傻。
不只當搞笑藝人，
同時也是活躍在舞台上及
連續劇、電影裡的演員。
父親是童書作家矢部光德。
本書是他的漫畫處女作，
在日本出版時，
他還住在房東阿嬤家的二樓。

Essential YY0924

房東阿嬤與我

大家さんと僕

作者

矢部太郎

一九七七年生，搞笑二人組「空手道家」負責裝傻的人。不只當搞笑藝人，同時也是活躍在舞台上及連續劇、電影裡的演員。

父親是童書作家矢部光德，本書是他的漫畫處女作，二〇一七年在日本出版時，他還住在房東阿嬤家的二樓。

譯者

緋華璃

不知不覺，在日文翻譯這條路上踽踽獨行已十年，未能著作等身，但求無愧於心，不負有幸相遇的每一個文字。譯有《懶懶》。

封面題字・繪圖　矢部太郎
封面設計　山田知子（chichols）
封面構成　張添威
內文排版　黃雅藍
責任編輯　李佳翰
行銷企劃　楊若榆　陳柏昌
版權負責　李佳翰　李岱樺
副總編輯　梁心愉

初版一刷　二〇二〇年十月二十六日
定價　新台幣三〇〇元

ThinKingDom 新経典文化

發行人　葉美瑤
出版　新經典圖文傳播有限公司
地址　臺北市中正區重慶南路一段五七號十一樓之四
電話　02-2331-1830
傳真　02-2331-1831
讀者服務信箱　thinkingdomtw@gmail.com

總經銷　高寶書版集團
地址　臺北市內湖區洲子街八八號三樓
電話　02-2799-2788　傳真　02-2799-0909

海外總經銷　時報文化出版企業股份有限公司
地址　桃園市龜山區萬壽路二段三五一號
電話　02-2306-6842　傳真　02-2304-9301
